DYDDIADUR DYN DWAD

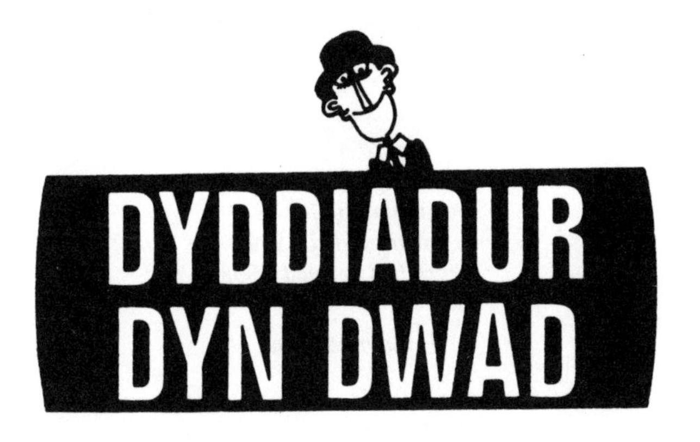
DYDDIADUR
DYN DWAD

GWASG
Carreg
Gwalch

Argraffiad cyntaf: 1978
Ail argraffiad: 1989
Argraffiad newydd: 1998

Rhif Llyfr Safonol Rhyngwladol:
0-86381-499-9

Cynllun y clawr a'r cartwnau gan HEINEKEN:

Argraffwyd a chyhoeddwyd gan Wasg Carreg Gwalch,
12 Iard yr Orsaf, Llanrwst, Dyffryn Conwy LL26 0EH
☎ (01492) 642031

I'R HOGIA

Ymddangosodd ffurfiau diwygiedig o straeon
1 2, 4, 5, 7 a 10 yn *Y Dinesydd* a stori 12 *yn Ar Daf*.

O'r *Black Boy* i'r *New Ely*

Dim ond ers ryw fis neu ddau ro'n i wedi bod lawr yn Gaerdydd pan ddaru nhw ofyn i fi sgwennu pejan i'r papur 'ma – *Y Dinesydd*. Papur bro ydi o, fatha *Llais Ogwan* a *Eco'r Wyddfa* a ballu ia. Dwi wedi dyfaru gannoedd o weithia 'mod i wedi gaddo gneud ond 'y mai i odd o yn agor 'y ngheg fawr un noson yn y *New Ely* ar ôl ca'l llond bol o lysh.

Co' dre dwi ia, a dyna fydda i lle bynnag dwi'n byw ac ella nad oes gin i'm hawl i alw'n hun yn 'ddinesydd' go iawn eto fatha rhei ohonyn nhw sydd yma ers oes pys. Deud y gwir wrtha chi, mae'n gwestiwn gin i arhosa i yma'n ddigon hir i fod yn ddyn dinas go iawn chwaith. Isio denig o 'ma bob gafal rwsut. Fydda i'n meddwl weithia pam ddiawl ddesh i yma o gwbwl.

O'n i'n gweithio ers gadish i'r ysgol yn *Bernard Wardle* yn Gaernarfon nes ath petha'n fain arnyn nhw fel powb arall llynadd, a gesh i sac do. Nesh i 'laru ar stelcian o gwmpas y pybs a'r caffis a'r bwcis yn dre drw'r dydd a nath hogia dôl roid y cynnig 'ma i fi:

'Mi ellwch chi fynd i rwla'n y wlad 'ma i chwilio am waith 'chi Mr Jones; mi dalan ni'ch costa chi a'ch helpu chi'n o lew dan y sgîm arall 'ma sy' gynnon ni i setlo lawr wedyn.'

Too good to miss o'n i'n meddwl ia?

Nesh i benderfynu dwad i Gaerdydd am bo fi wedi bod unwaith o'r blaen ac wedi ca'l uffar o hwyl. Bŷs o hogia gwaith yn dwad lawr i weld Wêls yn chwara rygbi. Dodd gin i ddim ticad a chesh i'r un yn diwadd. Dwi ddim yn licio rygbi ddim llawar eniwe, ond rodd o'n jans am hwyl i'r hogia efo digon o lysh drw'r dydd a noson grêt wedyn yn y *New Ely*, y pyb mowr Cymraeg 'ma ddim yn bell o ganol dre. Nesh i ddallt bod 'na lot o hogia ffor'cw lawr yma'n gweithio ac o'n i'n gwbod felly na fyswn i'n styc am fêts os byswn i'n dwad i lawr yma'n hun.

Dwi ddim yn Blaid Cymru uffernol ond ma' powb jest yn dipyn o Blaid Cymru yn Gwynedd bellach yndi, a'r peth cynta nesh i odd mynd i chwilio am Gymraeg i'r *New Ely* lle fush i o'r blaen. Dwi'n byw ar hyn o bryd yn yr hotel 'ma yn Roath ac erbyn gweld, dydi'r pyb ddim yn bell o lle dwi'n byw. Ond Arglwydd, dyna 'chi wahaniaeth yn y lle ers pan welish i o ddwetha. Llawn dop amsar hynny, môr o ganu, lloria'n socian, a mwg sigaréts fatha niwl yn nadu 'chi weld pen draw'r stafall. Rodd y lle sy'n fowr fatha festri yn wag tro 'ma efo tua hannar dwsin o hogia ac un hogan yn chwara cardia am bres ddim yn bell o'r bar, dau ddyn du mewn congol dywyll a thair fodan isio'u pigo fyny yn yfad haneri draw wrth y ffenast. Godish i beint o meild a phwyso ar y bar, meddwl byswn i'n nabod rhywun fysa'n dwad i mewn ia.

Ddoth 'na neb. Ar ôl yfad tri do'n i'n dal i nabod neb o'r bobol ddoth i mewn er bod nhw i gyd jest yn siarad Cymraeg, ac ro'n i'n teimlo'n reit ffed-yp.

'Oes 'na jans am gêm hogia?' medda fi wrth yr hogia cardia. Dwi ddim yn dda iawn am chwara 'brag' ond rwbath i joinio criw 'de.

'Denzil Penniman wy' i boi bach,' medda'r boi tyff, perig yr olwg 'ma wrtha fi mewn llais fatha Windsor Davies.

'Syniad da bod yn llyfra hwn yn syth bin,' medda fi wrth 'yn hun.

'A hwn yw Gareth Connolly.' Boi gwyllt yr olwg heb shefio ers dyrnodia. Mi nodiodd o heb wenu dim a dechra canu'r 'Foggy Dew' iddo fo'i hun.

'A dyma Dai Shop, Stan Crossroads a Marx Merthyr.'

'Ti'n moyn whare rownd hyn 'ta beth 'te Gog?' medda'r Stan Crossroads 'ma.

'E?' medda fi'n dallt dim ddeudodd o.

'Tisio dechra rŵan?' meddai Dai Shop odd, diolch i Dduw amdano fo, yn dwad o'r topia 'cw rwla.

'Gresilda,' medda Dai Shop yn 'y nghlust i am y fodan ath i'r bog pan gyrhaeddish i, 'ydi beic y *New Ely*. Unrhyw amsar ti'n ffansïo dipyn o bwdin 'de.' Mi winciodd a dîlio'r cardia. 'Be ti'n da lawr 'ma?' medda fo wedyn.

'Gweithio yn *Howells* yn y lle carpedi,' me fi.

'Capitalist bastards!' medda Marx Merthyr drw'i ddannadd a mynd bum ceiniog yn ddall.

MORNING STAR
CYMRU GOCH GAINS GROUND

A dyma fi'n meddwl na fyswn i ddim yn ffitio i mewn yn dda iawn yn fan hyn. Criw o deips F.W.A. ydyn nhw sy'n canu petha fel 'Tramp tramp tramp the boys are marching' pan dydyn nhw ddim yn chwara cardia. Hogia calad sy'n siarad lot o Susnag a'u rhegi a'u chwerthin nhw'n bowndian o wal i wal. Ac wrth chwara cardia efo'r rhein ath 'yn meddwl i'n ôl i'r *Black* at Hogia Ni. Hiraeth ia? Cofio am y noson ddwetha o'n i yno a'r sesh gafodd yr hogia cyn i fi ddwad lawr i fa'ma. Iesu, 'swn i'n falch o'u gweld nhw rŵan – Sam Cei'r Abar, 'yn mêt gora fi, Bob Blaid Bach, Fferat, George Cooks . . . Rothon nhw set newydd sbond o ddarts i fi, er mwyn ca'l dechra'n iawn medda nhw yn y tîm newydd fyswn i'n ffendio'n hun ynddo fo yn Sowth.

Mi gollish i ryw dipyn wrth chwara 'brag'. Odd y Dai Shop 'ma'n rêl gamblar yn gneud llgada bach wrth sbio ar 'i gardia tra odd mwg 'i sigarét o yn codi o'i geg o. Golwg rêl gangster arno fo efo'i fwstásh bach fatha 'sbiv', ac iddo fo y collish i'r rhan fwya o'n mags ia. Ond ddiwadd y noson – Iesu gwyn o'r Sowth! – be gesh i ond preil o sicsus! Hynny fedrwn i odd peidio crynu fatha jeli. Yr unig un arhosodd efo fi odd Penniman. O'n i 'i ofn o ia, ond o'n i'n gwbod bo fi'n bownd o'i guro fo. Roish i'r cwbwl odd gin i yn y pŵl a'i weld o, ddim isio mynd â'i bres o i gyd noson gynta, rhag bo fi'n rhy uffernol o coci ia.

'Tri chwech,' medda fi, achos yn Gymraeg odd rhein yn chwara, a 'ma fi'n 'nelu am y pres . . .

'Dal dy ddŵr di boi bach,' medda Penniman mewn llais dyfn fatha dynjwn. 'Tair brenhines. Sori boi.'

Arglwydd, sôn am deimlo'n giami. Dodd gin i ddim sentan i ga'l 'y mheint nesa. Ath yr hogia 'mlaen efo'u gêm a nesh inna bwdu. Wyth blydi sgrîn lawr draen . . .

'Ti'n moyn benthyg punt neu ddwy?' medda Stan Crossroads 'mhen hir a hwyr. 'Ti'n dishgwl fel cwrcath gas 'i siomi w.'

'Iesu diolch,' medda fi. 'Dala i chdi'n ôl nos fory.'

'By the way Stan,' medda fi'n trio ffalsio dipyn bach, 'ti'n uffernol o debyg i'r boi 'na ar "*Crossroads*" 'sti.'

'Blaw bo fi 'di taro ar yr hogia 'ma pan nesh i dwi 'di gweld pa mor ddiawledig fysa trio ffendio mêts mewn lle fel hyn. Ma' 'na filoedd o stiwdants yn dwad i'r *Ely* yn un criwia mowr ac yn ista mewn cylch a chadw powb arall allan. Rêl clics ia. O'n i'n meddwl bo fi 'di ca'l bachiad noson o'r blaen. Odd y fodan 'ma'n stagio arna fi a fi arni hitha o'r tu ôl i 'nghardia. Odd hi'n cîn uffernol tan nesh i ddechra siarad efo hi wrth y bar:

'Pa gol ti?' medda hi wrtha fi.

'Dwi'n dyfaru lot na fyswn i 'di mynd i tech yn Fangor i ddysgu trêd ia . . . ' medda fi.

'O,' medda hi'n swta. 'Wela i di o gwmpas.'

Fyswn i ddim yn meindio chwara ffwtbol efo'r tîm Cymric 'na sy' efo postar ar y bôrd wrth y drws. Mi fyddan nhw'n dwad i mewn bob nos Ferchar ar ôl trênio. Berig bo rheini'n dipyn o glic 'efyd. Tichyrs a hogia clyfar ia. Cymraeg hyn a Chymraeg llall fydda i'n glywad gynnyn nhw, ddim ffwtbol. A does 'na neb yn chwara darts yma, dim ond y Saeson a'r Pacistanis yn bar drws nesa. O mam bach! Lle ma' hogia dre i gyd sy'n Gaerdydd 'ma na fysan nhw'n dwad i byb Cymraeg dwi isio wbod?

Dyna pam ro'n i mor falch o weld John Pen Rwd noson o' blaen. Tichyr ydi John a fydd o bob amsar yn dwad draw i weld yr hogia yn *Black* pan fydd o'n dre ar 'i holides o Gaerdydd.

'John Pen Rwd y con', sumai?' medda fi'n uchal ar draws yr *Ely* pan ddoth o i mewn un noson efo ryw fodan handi ar 'i fraich. Hen foi iawn 'di John, 'run fath bob amsar.

'Duw helo,' meddai fo heb gynhyrfu dim. Ddim yn gneud hannar cymaint o ffŷs ohona fi a fydd o'n neud pan fydd o'n cicio'i sodla ar ben 'i hun yn ystod 'i holides ha'. Gweld dim bai arno fo chwaith deud gwir, efo peth handi fel'a gynno fo i sbio arni.

Mi ddoth hi ata fi yn drewi o sent nes 'mlaen:

'Ylwch Gronwy,' medda hi'n neis i gyd. 'Fasa ots gynnoch chi beidio galw John yn "Ben Rwd"? Achos does neb yn ei alw'n hynna yng Nghaerdydd w'chi.'

Jest i fi fyrstio chwerthin yn 'i gwynab hi. Dipyn o falu cach tasa chi'n gofyn i fi. John Pen Rwd fydd o i fi am byth ia.

Yr hogan sy'n gneud *Y Dinesydd* 'ma ddoth ata fi un noson yn gofyn os o'n i isio copi.

'Dim diolch,' medda fi'n meddwl bod o'n costio.

'Am ddim,' medda hitha.

Mi ddarllenish i o drwadd – dim byd gwell i neud uwchben 'y mheint. Ro'n i wedi dechra ecsblorio Caerdydd bellach ac yn methu coelio bo fi'n byw yn yr un lle â'r bobol odd yn sgwennu petha i hwn. Ro'n i wedi ca'l llond bol o lysh a nesh i fagu digon o blwc i ddeud wrthi cyn iddi hi fynd 'efyd.

'Yli del. Sbia ar hyn. Capeli hyn, Urdd llall, Theatr y Showman . . . Does 'na ddim gair am yr *Ely* na'r llefydd er'ill fydd yr hogia'n mynd iddyn nhw yn y papur 'ma!'

'Iawn. Ddeuda i wrtha chdi be,' medda'r fodan, 'sgwenna di amdanyn nhw.'

'Y?' Sut ti'n disgwl i fi sgwennu i bapur newydd. Y? Be? Dwi'n gofyn i chdi? Chesh i 'mond tri C.S.E. ac ma' 'na ddigonadd o hogia clyfrach na fi yn fan hyn heno i neud . . . '

Ond mae'n debyg bod yr hogia clyfar yn gwrthod neu'n gaddo a gneud dim byd yn diwadd. Duw, odd hi'n cwyno ac achos bo fi'n chwil o'n i'n hawdd 'y mherswadio. Nath hi addo'n helpu fi efo'r sbelio a'r teitls a ballu, ac er mwyn i'r hogia ga'l dallt na i'r *Ely* ma'r criw Cymraeg yn mynd, mi gytunish i do.

'Ond be ddeuda i del?' me fi.

'Jest sonia am lle bynnag ti'n mynd a be bynnag ti'n neud yn Gaerdydd,' medda fodan.

'Fatha cadw diary ia?'

'Dyna chdi.'

Uffernol o boring fyswn i'n meddwl ond 'i lwc owt hi ydi hynny.

* Os yw'r darllenydd yn dilyn arbrawf celfyddydol diweddaraf K.K.K. dylai fod wedi yfed cymaint â hyn erbyn diwedd y stori gyntaf, ac yn y blaen . . . – Y Cyhoeddwyr.

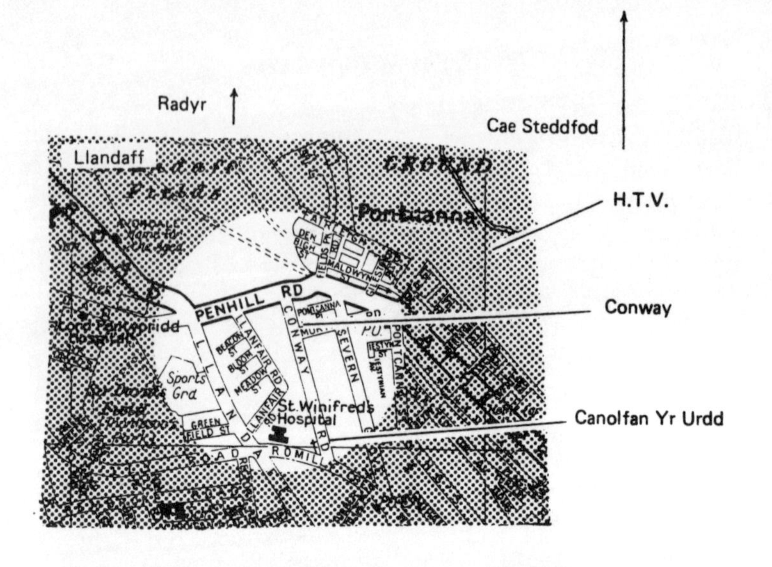
Radyr
Cae Steddfod
Llandaff
H.T.V.
PENHILL RD
Conway
Sports Grd
St. Winifred's Hospital
Canolfan Yr Urdd

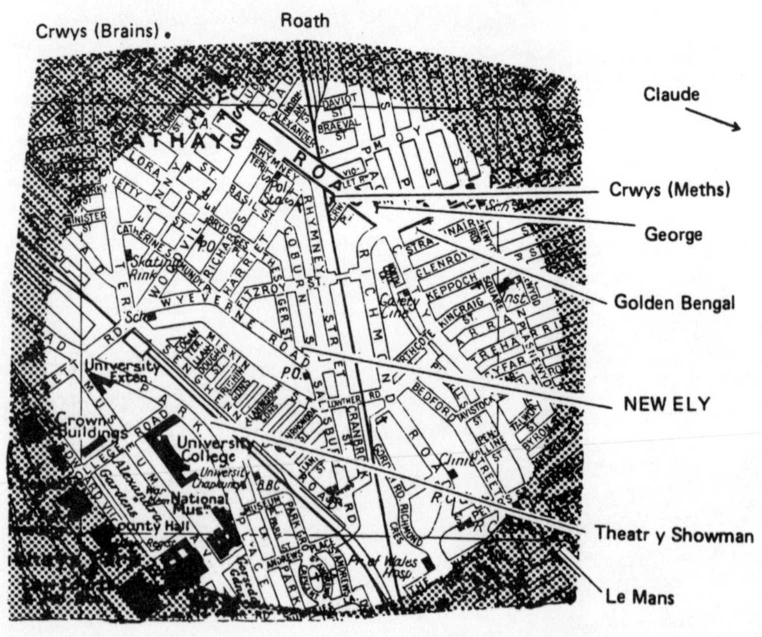
Crwys (Brains)
Roath
Claude
CATHAYS
Crwys (Meths)
George
Golden Bengal
NEW ELY
University College
National Mus.
County Hall
Theatr y Showman
Le Mans

Y Co'n y *Conway*

Odd Stan Crossroads wedi mynd i'r *Papajios*, y bar gwin yn dre lle bydd o'n mynd bob nos Wenar i bigo fodins i fyny. Odd Penniman yn chwara rygbi yn Abertawe, Dai Shop wedi torri'i goes yn chwara ffwtbol, Marx Merthyr yn tŷ'n sgwennu traethawd ar Lenin, a Connolly ar shifft nos yn East Moors. Odd yr hogyn yn wynebu *weekend* ar ben 'i hun. Felly esh i i chwilio am y pyb Cymraeg arall 'ma ro'n i wedi clywad sôn amdano fo ochor arall i dre. *New Ely* 'di'n local i, dwi ddim yn deud 'de, ond ma' newid yn change yndi?

Dwi wedi clywad lot o bobol yn cwyno am fysus Caerdydd, bod nhw'n hwyr a ballu ia, ond Iesu odd y bŷs No. 7 'ma'n mynd â fi o drws tŷ jest i ddrws ffrynt y pyb 'ma, y *Conway* yn Llandaf. Ma'r bŷs yn stopio deud gwir tu allan i stiwdios HTV. Od meddwl yndi, na fan'na, chydig o ffor' lawr y lôn, ma'n nhw'n gneud 'ych programs TV chi? Dwi'n meddwl 'de, ond fyswn i ddim yn betio ar y peth, nesh i weld y boi llgada mowr 'na sy'n cychwyn 'Y Dydd'. Rwbath i ddeud yn y llythyr fydda i'n sgwennu bob mis i'r hen fod 'cw ia.

Ma'r *Conway* yn fwy posh na'r *Ely* medda'r hogia, felly wisgish i'n siwt a 'nhei gwaith i fynd lawr 'na rhag i fi edrach yn sgryff. Gesh i'n hel o *Royal* yn dre filoedd o weithia am bo fi'n rhy flêr. Gychwynnish i am saith er mwyn ca'l dechra da, ac esh i i mewn i'r bar ar y chwith. Ond Arglwydd odd hi fatha bedd, dim un wan jac yno. Meddwl wedyn – yn naturiol – bo fi'n lle rong ia.

'This the Welsh bar aye?' me fi wrth y fodan tu 'nôl i bar.

'They seem to speak-a-lot-a-Welsh here,' medda fodan. Swnio fatha Ianc i fi a gofynnish iddi:

'You American aye?'

'Canadian.' Yn bar Cymraeg yn Gaerdydd! Dwi'n gofyn i chi. Byd yn fach yndi?

'Peint o meild plis.'

'Mild?'

'Peint o meild plis,' me fi eto, meddwl bod hi ddim 'di dallt. Lot o bobol ddim yn dallt 'yn Susnag i yn fan hyn. Chesh i rioed lot o draffath yn dre chwaith. Ond dodd y fodan 'im yn gwbod be odd meild, nag oedd?

'Black beer,' me fi.

'Brown?'

'No, meild . . . '

Nath hi ofyn i'r hogia yn y bar arall . . .

'It's *derk* you wants *skip*! medda boi o trwadd.

'Meild aye?' me fi eto.

'No, it's *derk* around here sperk. And they don't do it in 'ere anyroad. You goes in the *Brains* for that.'

'O Iesu! Neith hi beint o lager.'

Thyrti ffôr myn uffar i! Talu am carpad ia?

Dwi wedi dallt wedyn do ma'r *Brains Dark* 'ma odd gynnyn nhw. Stwff drwg ar diawl; dim byd tebyg i *M & B* a *Ind Coope*. Ond ddim cyn waethad â'r *S.A.* 'na. *Skull Attack* fydd yr hogia'n galw fo. Blas fatha wermod, cic fatha mul, a pen fatha bwcad bora wedyn.

Eniwe, dyma fi'n gofyn i'r Canedian 'ma lle'r odd yr hogia i gyd heno – meddwl fysan nhw yma bellach a hitha'n *weekend*. Byth yn dechra llenwi cyn naw medda hi. Ella na dyna pam bod yr êl mor ddrud. Codi lot am bod nhw'n gwerthu cyn lleiad. Esh i draw i ddarllan y posteri odd wedi'u sticio'n bobman ar walia'r pyb. Downsio Gwerin, Helfa Drysor, Wlpan (be uffar 'di hwnnw?). Iesu, ma'r rhein yn ca'l hwyl.

Ond tua wyth o' gloch ddoth na filoedd o blant i mewn yn gneud sŵn diawledig. Mi godon nhw orinj jiwsus a haneri o lager an' leim a ryw 'nialwch felly a chymryd y seti pinc posh jest i gyd.

'Basdads bach Rhydfelen yn siarad Susneg,' medda'r boi mawr 'ma efo locsyn clust wrth 'yn ochor i wrth y bar.

'Y?' medda fi, heb dorri gair efo'r boi cynt. 'Ydi'r rhein yn medru Cymraeg yndyn?'

'Ysgol Rhydfelen, Pontypridd 'de wa? Ysgol Gymraeg 'de? Ti

ddim yn gwbod? Lle ti 'di bod yn cuddio mêt?'

'Yli,' me fi wedi ca'l y gwyllt. 'Sut ddiawl ti'n disgwl i fi wbod? Newydd ddwad yma ydw i con', so cau dy blydi ceg.'

Hen fasdad o foi. Fatha hwnna'n *Howells* dwrnod o blaen. Ro'n i wedi'i glywad o'n siarad Cymraeg Sowth efo'i wraig felly dyma fi'n gofyn iddo fo: 'Fedra i'ch helpu chi, syr?' Ond chymodd o ddim sylw ohona fi fatha tyswn i'n lwmp o faw ac mi ath o 'mlaen yn Susnag. Dwi'n meddwl ella bo fi wedi gweld hwnna ar y TV 'efyd . . .

Esh i draw i drio bachu cadar.

'Oes 'na rwbath yn ista fan hyn del?' me fi. Mi sbiodd y fodan fach yn wirion. ''Dach chi'n siarad Cymraeg yndach?' me fi eto.

'Odyn.'

'Ysgol Rhyd-y-felan ia?'

'Ie.'

'Pam 'dach chi'n siarad Susnag efo'ch gilydd 'ta?'

Neuthon nhw giglo a cochi.

'Y?' me fi, isio atab yn lle lol.

'Wel,' medda un o'r diwadd, 'ni'n siarad Cwmrâg yn yr ysgol drwy'r dydd on'd y'n ni? Mae'n newid cael siarad Saesneg gyda'r nos.'

'Ma'n nhw'n deud wrth 'u mame 'u bod nhw'n mynd i'r Aelwyd lawr ffordd, ond fa'ma i fod yn genod bach drwg ma' siwgwr candis lemonêd mam yn dwad 'de.'

Rodd y surbwch hyll 'na wrth y bar yn dôl.

'Ble ma' bag fi?' medda'r hogan bach dena 'ma, wedi ypsetio'n lân. 'Swn i wedi licio rhoi llond bol i'r hen gachwr, ond odd o'n fwy na fi.

Mi orffennodd y sgwrs yn swta fel'a pan ddoth 'na ŵr a gwraig heibio'n halio uffar o bwdl mawr hyll ar 'u hola. Mi stopiodd y dyn yn stond o 'mlaen i.

'Hey! You Bobby Pierce?' medda'r boi wrtha fi.

Sbio dros 'yn ysgwydd i weld odd 'na rywun arall yno, ond dodd 'na neb. Ro'n i 'run ffunud medda fo â Bobby Pierce sy'n cadw garej yn Gabalfa.

'Mildred? I could 'ave sworn. Eh?'

Tua naw, fel deudodd y fodan, dyma hi'n dechra llenwi fel slecs. Hogia smart strêt o ffenast *Mates* a fodins handi yn yfad petha bach ac yn siarad yn sidêt ar ganol llawr. Rhydfelan yn dal i hawlio'r seti.

'Rydw i'n dysgu siarad,' medda rwbath yn 'y nghlust chwith i.

'Ym, be?' medda fi, ddim wedi'i ddallt o'n iawn.

'Ydych chi'n siarad Cymraeg?'

'Yndw, siŵr Dduw,' me fi. 'Lle 'dach chi'n dwad?'

'Mae'n ddrwg gen i?'

'Un o ffor'cw 'dach chi?'

'Rydw i'n dysgu dau wythnos dim ond.'

'Fan hyn ti'n arfar yfad 'ta fyddi di'n mynd i'r *Ely* weithia?'

'Rydw i'n hoffi cwrw!'

A fel'a fuodd hi. Ddoth 'na foi efo pen moel a homar o locsyn heibio a deud wrth y mylliwr 'ma bod hi'n iawn iddo fo siarad efo fi. Gneud lles iddo fo siarad efo 'Cymro naturiol'. Yr unig beth oedd, fyswn inna ddim wedi meindio siarad efo hogia naturiol 'yn hun yn lle baldaruo efo ryw dwl-lal fel hyn. Dwi o blaid i'r hogia 'ma ddysgu Cymraeg ia, 'sa nhw ddim yn deud petha mor dwp. Ma' powb isio dipyn bach o hwyl dros *weekend* yndi?

'Ble rydych chi'n dysgu Cymraeg?' medda rwbath arall a finna jest â cha'l gwarad o'r llall.

'S'dim isio fi ddysgu Cymraeg yli,' me fi. 'Cymraeg ma'r cofis yn siarad rioed.'

'Na na na. Ble'r ydych chi'n athro?'

'Gwerthu carpedi yn *Howells* dwi mêt.' Be ddiawl odd o'n feddwl? Sbio'n y gwydyr yn gongol. Ydw i'n debyg i dichyr?

Pwy ddoth i mewn ond John Pen Rwd a'i slashan. Chwyrnodd o hannar 'Sumai?' wrth basio.

'JOHN PEN RWD!' medda fi dros y lle, 'di dechra dal hi erbyn hyn ac wedi ca'l llond bol ar y crinc dauwynebog.

Drodd hannar y *Conway* rownd a sefodd o a'i fodan yn stond mewn cywilydd. 'Honna i chdi'r pen mowr uffar,' me fi a

HELFA DRYSOR
CLWB CINIO DYNION RHIWBEINA
(NO RIFF-RAFF)
I'M DOING WLPAN AND I'M O.K.
TWMPATH
WELSH DIALEKS
BETTER ENGLISH
WELSH
WELSH IS FUN

chodi clamp o ddau fys arno fo o waelod 'y nghalon. Ddim co' dre ydi hwnna bellach.

Pan esh i allan i'r awyr iach dyma 'na rwbath yn gweiddi ar 'yn ôl i: 'Reit dda rŵan wa!' a slapio 'nghefn i nes o'n i'n siglo fatha si-so. Go damia fo, rodd yr hen locsyn clust 'na ar 'yn ôl i eto fatha cynffon.

'Digon hawdd deud bo chdi'n un o'r wêr a finna'n ame wrth dy siwt di na un o'r crach oeddet ti. Nowi Bala dwi. Be 'di d'enw di 'da'r hen bardner?'

'Tichyr w't ti ia?' me fi, achos dyna be 'di powb i weld.

'Arglwydd Grist nage!' medda fynta. 'Labrwr. Hogie'r werin efo caib a rhaw 'de. Gweithio ar yr M4 'ma wa. Gneud chydig o goin rŵan imi ga'l mynd yn ôl ar dôl i Benllyn dros gaea'. Faswn i ddim yn aros fan hyn yn hir am bensiwn efo ryw swancs uffern fatha'r rhein. Tyden nhw ddim tebyg i Gymry, nag yden? Waeth gen i be ddeudith neb, y *New Ely* ydi'r unig dafarn i Gymro yn Gaerdydd 'ma.'

'Duw! Fan'no bydda i'n mynd yli,' medda fi'n codi 'nghlustia. 'Dwi ddim 'di gweld chdi yno chwaith.'

'Heno ddwetha ddesh i'n ôl ar ôl mis yn Bristol. Dwad i fan hyn i godi dipyn o dwrw efo'r crach Cymraeg cyn dwad i'r *Ely* am y canu . . . Ti'n nabod Connolly siŵr? Dwi'n nabod o ers blynyddoedd. A Denzil Penniman? Dyna iti werinwyr. Wedi dysgu Cymraeg, 'sti. Ond os wyt ti'n licio dy wyneb fel mae o, paid byth â'u galw nhw'n "ddysgwyr" chwaith. Atgoffa nhw ormod o'r hen *Gonway* 'ma 'de wa!'

A dyma fi'n gweld wedyn na dim boi annifyr odd y Nowi 'ma'n diwadd ond boi tyff efo'i galon yn lle iawn fatha'n mêts i'n yr *Ely*. Un o'r hogia ia. Ac ar ôl sesh yn yr *Ely* aethon ni'n dau am gyri i'r *Golden Bengal*.

'Be w't ti'n ga'l Now?' medda fi, yn dallt diawl o ddim am y cyris 'ma ond ddim isio cyfadda wrth Nowi a fynta'n meddwl 'mod i'n dipyn o foi.

'Vindaloo,' medda Nowi.

'A finna 'efyd,' me fi'n llanc i gyd. 'Ma' fo'n reit dda yndi?'

'Wyt ti'n siŵr wa? Mae o'n boeth ar diawl, 'sti.'

Rodd y gegiad gynta'n iawn ond yr Arglwydd! gynta ath o lawr 'y nghorn gwddw fi dyma fi ar dân ac yn tagu a phesychu dros bob man. Odd dagra'n powlio lawr 'y ngwynab i a gwynab Nowi hefyd wrth iddo fo chwerthin am 'y mhen i. Rodd o'n byta fatha J.C.B. ac yn cwyno nad odd y cyri'n ddigon poeth. Ath yr Indian â fo'n ôl ddwywaith ac rodd y drydydd ddysglad yn ddu bitch.

'Chef say you want hotter you have curry powder sahib,' medda'r dyn du.

Ro'n i wedi bod yn 'i ddal o'n ôl ers sbel a gynta aethon ni allan o'r Indian dyma fi'n chwdu 'mherfadd ar y pafin. O'n i ofn i Nowi feddwl 'mod i'n methu dal 'yn lysh ond mi winciodd o arna fi a deud: 'Dim ond naturiol i hogyn ifanc sy' newydd ga'l 'i noson gynta'n y *Conway* faswn i'n deud.'

A'r peth cynta ddoth i'n meddwl i odd y boi 'na efo'r pwdl du ddoth heibio eto jest cyn i fi ada'l y *Conway* a gofyn: 'Hey skip! You sure you're not Bobby Pierce?'

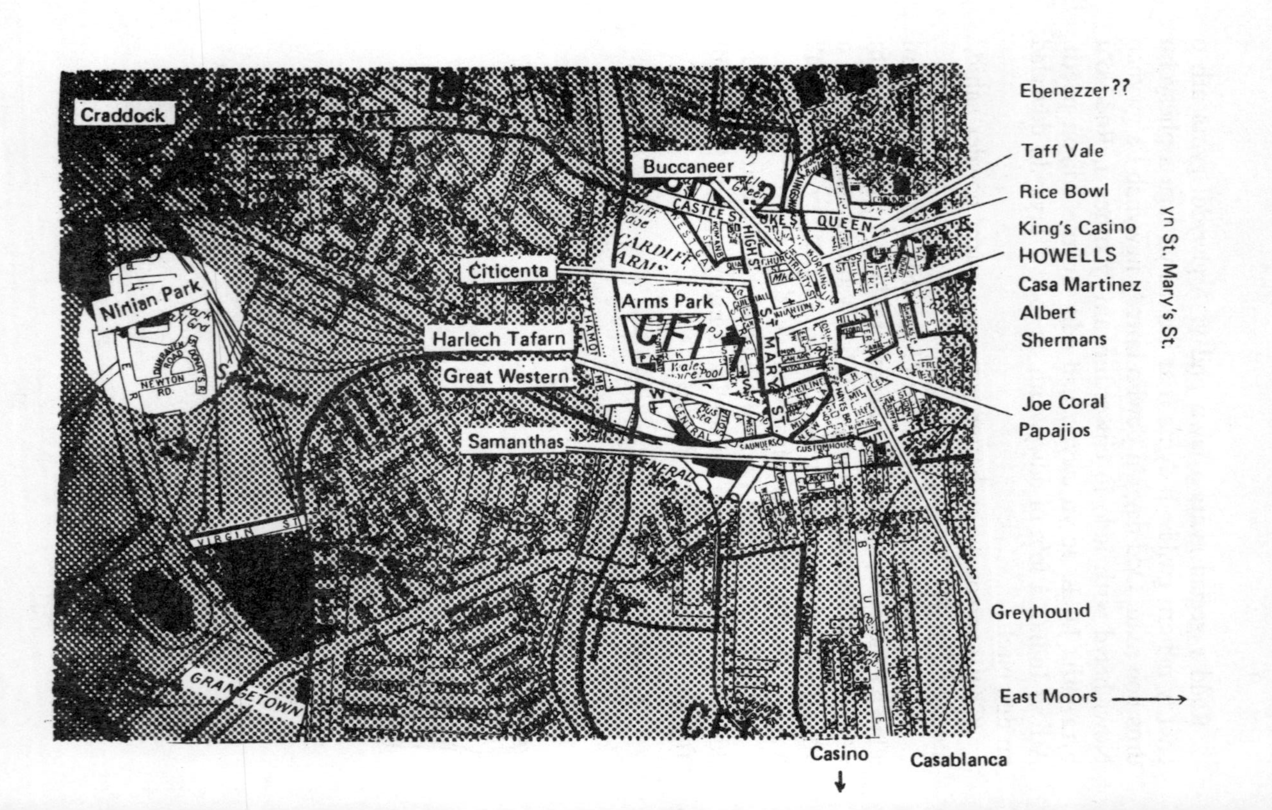
Craddock
Ninian Park
Buccaneer
Citicenta
Arms Park
Harlech Tafarn
Great Western
Samanthas
Ebenezzer ??
Taff Vale
Rice Bowl
King's Casino
HOWELLS
Casa Martinez
Albert
Shermans
yn St. Mary's St.
Joe Coral
Papajios
Greyhound
East Moors
Casino
Casablanca
CASTLE ST
HIGH ST
QUEEN
ST MARY ST.
CF1
NEWTON RD.
VIRGIN ST
GRANGETOWN

Grange-end Cofis

Ro'n i wedi gwylltio'n gacwn. Faint o weithia fush i lawr efo hogia'r *Ely* yn ganol glaw drw' gaea' dwetha yn sbio ar gêms rygbi boring yn yr Arms Parc? Ond be ddigwyddodd pan awgrymish i neud rwbath ddechra'r gwanwyn?

'Hogia,' medda fi un noson wrth y bar. 'Ma' Cymru'n chwara internash yn Ninian Parc dydd Sadwrn. Chans am grêt o ddwrnod. Awn ni gyd lawr, dechra yn y *Taff Vale* am un ar ddeg ac wedyn . . . '

'Dal dy ddŵr boi bach,' medda Penniman. 'Smo fi'n mynd i weld socer, i ti na neb arall.'

''Sdim chans 'da ti bachan!' medda Marx Merthyr.

Nesh i ddim traffath dadla. Mi ddeudish i wrth y cachwrs i gyd lle i fynd, sodro 'mheint gwag ar y bar ac allan â fi.

'Rho dy ben yn dy din a rowlia Penniman!' medda fi wrth fynd. 'Bygro chi i gyd! Mi a' i'n hun.'

Ond be ddoth bora Gwenar ond llythyr gin Sam Cei'r Abar, 'yn mêt gora fi:

Annwyl Cŵd,

Yr 'ogia'n dwad lawr dydd Sad i'r gêm. Welan ni chdi yn Harlech Tafarn tua deuddag 'ma . . .

Bora Sadwrn, ro'n i yn y pyb pan agorodd o. Newydd ista efo meild cynta'r bora o'n i pan glywish i: 'Olreit pal? How's your luck? Not so bad.' Harry Begar Dall – 'dach chi'n 'i weld o yn bob pyb yn dre.

'Iesu Mowr Harri,' me fi. 'Look. It's Taff Jones. I given you twice this week yes.'

Cyn iddo fo ga'l chans i ddechra ar stori boring 'i fywyd a'r hard lyc m'o 'di ga'l mi gyrhaeddodd yr hogia. Sam, Fferat, Cooks, Bob Blaid Bach . . .

'Marw o sychad con'!' medda Fferat a'i 'nelu hi fatha rocet am y bar. 'Pw' 'di'r con' dall 'na sy' efo chdi?'

Rodd Bob Blaid Bach yn 'i regalia i gyd: tei Draig Goch, bajis galôr, a llwyth o *Welsh Nations* dan 'i fraich o.

'Henffych gyfaill,' medda Bob sy'n iwshio'r geiria Cymraeg myll 'ma bob hyn a hyn. Mewn cachiad nico odd o'n trio'i ora i hwrjio'i bapura i Harry Begar Dall cyn i fi dorri ar 'i draws o:

'Stagia ar 'i llgada fo co' nei di?'

'Hey man! Licio fodan chdi,' medda George Cooks yn pwyntio at Harry.

'Paid â cymryd sylw o hwn,' medda Sam Cei. 'Diawl gwirion 'di bod ar y joints yn bỳs drw' bora. Yli ar 'i wallt o'n hongian yn gagla'n 'i bot peint o.'

* * *

'Y? Be con'? Orinj jiws ma'r rhein yn yfad ia?' medda Fferat Bach yn y *Greyhound*. Idiot Fferat.

'Sgrympi 'di o ia,' me fi. 'Dim ond ffifftîn 'di o. Fa'ma ma'r alcis i gyd yn dwad drw' dydd 'ogia.'

'Yous sounds like countrymen o' mine,' medda'r Gwyddal 'ma wedi'i biclo'n gongol.

'Ah! Tis 'te old brogue. Connais tá tú?'

'Ti'n gall con'?' medda Fferat.

'Not Gaelic no, Welsh aye,' medda Bob Blaid Bach ac mi driodd o siarad efo fo am Patrick Pierce a'r I.R.A. a ballu.

'You Holyhead lads are fine fellows . . . You've a fag for an old soldier?' Roth Sam Cei bach bacad o No. 6 iddo fo a roth Bob 50p iddo fo.

'Am ymladd dros ryddid 'i wlad,' medda Bob yn 'i lais Dafydd Iwan gora.

Ath yr hogia dros ffor' i off-leishans *Howells* i nôl potal o rym i rannu ar y ffor' i'r gêm.

'Fa'ma dwi'n gweithio ylwch 'ogia.'

'Be, yn ganol y lysh 'ma i gyd?' medda Fferat.

'Yn y lle carpedi'r ffŵl,' medda Sam.

'Iesu!' medda Fferat. ''Sa wa'th chdi'n *Astons* ddim.'

Odd George Cooks wedi bod yn 'i fyd bach 'i hun ers oria ond wrth fynd lawr Tudor Street dyma fo'n gofyn:

'By the way hogia, pw' sy'n chwara?'

'Cymru siŵr Dduw!' medda Bob.

'Dwi'n gwbod hynny yndw,' medda George. 'Ond pw' sy'n 'u herbyn nhw?'

'Yr Hugo Slavs,' medda Sam Cei sy'n reit beniog weithia.

Aethon ni i'r pyb agosa welson ni i'r cae – y *Craddock* – lle odd 'na gannoedd o hogia dan oed yn potio. Glywodd gang o hogia Caerdydd yr hogia'n siarad Cymraeg a feddylion nhw na Hugo Slavs oeddan ni . . .

'Iesu no! Welsh aye, Plaid Cymru aye,' medda George Cooks yn deffro drwyddo a pwyntio at fajis Bob. Welish i rioed mo'no fo'n gymaint o Welsh Nash o' blaen. Deud gwir, 'di George ddim yn siŵr iawn be ydi o. 'I dad o'n dwad o Glasgow a'i fam o o Colwyn Bay. Ma' gin George fwy o ddiddordab yn Celtic nag yn be ma' Cymru'n neud ran amla. Deud gwir, oeddan ni gyd yn cachu'n 'yn trowsusa am funud. Hannar cant o 'skins' fatha Fferat Bach yn disgwl i blannu'u sgidia hoelion mawr mewn pump o fforiners diniwad. Diolch i Dduw, welson nhw sens a dechra canu 'We are the Welsh! We are the Welsh!' dros y siop.

'Cenedlaetholwyr y brifddinas yli!' medda Bob Blaid Bach.

* * *

'Come-on-lets-beat-those-effing-commies!!
Come-on-lets-beat-those-effing-commies!!'

Odd y Grange End yn canu a chlapio a chantio fatha mylliwrs a'r hogia wrth 'u bodd yn 'u canol nhw, wedi llwyddo i smyglo'r botal rym drw'r giatia. Do'n i rioed 'di gweld Ninian Parc fel hyn o' blaen. Odd 'na ganu Cymraeg yn codi o'r ochra er'ill a'r lle'n teimlo fatha tasa fo'n barod i ecsblodio unrhyw funud. Ac ecsblodio nath o pan gafodd yr Hugo Slavs benalti yn uffernol o gynnar yn y gêm, a phan wrthododd y reff gôl gin Toshack . . .

'Reit,' medda'r hogia, 'drosodd â ni!' Fferat odd y cynta ar y ffens, yn dringo fatha wiwar lwyd drosti. Aethon ni gyd drosodd ond Cooks, odd yn rhy honco bost i symud jest. Gath o'i halio'n ôl gerfydd 'i wallt hir gin ryw blisman odd 'run ffunud â Jim Bara Saim o dre.

'Blydi reff 'na'n ddall bost!' medda Bob Blaid Bach efo'r *Welsh Nations* yn sgrialu o'i bocedi fo fesul un wrth iddo fo redag nerth 'i begla. Mi gododd Sam Cei bostyn congol a'i lechio fo at gopar odd yn camdrin un o'r hogia, ond pan welson ni gannoedd o gops yn dechra arestio dyma ni'n meddwl bysa hi'n gallach 'i gleuo hi. Fachodd tin 'y nhrowsus i'n hegar yn y weiran bigog wrth imi 'i heglu hi'n ôl dros y ffens o'u bacha nhw.

Colli ddaru'r hogia. Yorath yn methu penalti i ni.

'Dim ots. Gawn ni nhw second leg,' medda Fferat.

'Honna odd y second leg y lembo,' medda Sam Cei.

Odd 'na gang yn ca'l gwarad ar 'u gwyllt drw' lechio brics a photeli lysh gwag at fysus ar y ffor' allan, ac odd llgada Fferat Bach yn tanio wrth weld, ond mi afaelodd Bob a Sam ynddo fo un bob braich a finna'n 'i draed o, ddim isio chwanag o drwbwl ia. Odd George Cooks ar goll ac roeddan ni'n gobeithio ar y pryd neutha fo'i ffor' am yr *Ely* ar ôl y lleill ohonan ni. Ond chyrhaeddodd yr hogia mo fan'no chwaith . . .

Yn y *Citicenta* ma' 'na hoel traed chwaraewrs rygbi Cymru ar y to a'u hotograffs nhw wrth 'u hochor nhw.

'Rei smal 'dyn nhw siŵr Dduw,' medda Sam. 'Sut uffar 'sa ti'n ca'l boi i neud hoel 'i draed ar sîling?'

'Watchia hyn!' medda Fferat Bach wrth neidio ar y bwrdd a gneud hand-stand. 'Watchiwch fi'n cyrradd y to efo 'nhraed . . . '

'Callia'r cedor lama uffar!' medda Bob ond odd o'n rhy hwyr. Odd coesa Fferat yn rhy fyr i gyrradd ac mi bowliodd o drosodd a landio ar linia hen ddynas odd yn sipian jins ar y soffa.

Odd un hen fodan yn crynu am bum munud ac odd yr hogia'n meddwl geutha hi sioc farwol. Dim llawar o siâp ar Fferat chwaith. Odd o'n neidio o gwmpas y stafall yn 'i ddybla ac yn gweiddi:

'Deud wrth yr hen sguthan 'na am watchiad lle ma' hi'n rhoid 'i phen-glin tro nesa.'

* * *

YUGOHOME
TITO TOMOS LAS
CELTIC
JOEY
Welsh Nation WALES FREE BY JAN 1979 SAYS GWYNFOR
BYTH

'Hogia,' medda fi'n y *Buccaneer* ddiwadd noson. 'Ma'n grêt ca'l chi lawr 'ma. Hogia Ni. Neb 'run fath. Os mêts. Twll din bois yr *Ely*. Cachwrs. Gadal chdi lawr. Elli di'm dibynnu arnyn nhw. 'Sna'm hwyl 'run fath i ga'l heb yr hogia . . . '

'Mae y Saeson wedi methu torri calon hogia CYMRU!!
Dydi'r sgwâr ddim digon mowr i 'ogia ni!
'Ogia ni, 'ogia ni, 'ogia, 'ogia, 'ogia ni . . . '

Ganon ni nes ca'l 'yn hel allan. Powb jest â llwgu isio bwyd wedyn. O'r *Buccaneer* i'r *Rice Bowl* am sgram. Yr unig un sy' ddim yn licio Chinks 'di Fferat a nath o ddim byd ond cwyno bod o'n gorod mynd.

'Do' 'mi ffag. Rwbath i guddiad ogla Alsatians yn lle 'ma ia.'

Ordron ni *Meal for Six* i bedwar.

'Be 'di hwn con'? Gwair?' medda Fferat wrth drin y *chop suey*. 'Blew cae ia? King prôn bôls. Sbia ddyn bach. Prôn cracyrs. Tisio bod yn cracyrs i fyta nhw.'

'Stopia gwyno Fferat Bach,' medda Sam Cei. 'Ti'n dechra mynd ar 'yn blydi nyrfs i.' Ac yn sydyn dyma Fferat Bach yn codi'r botal soya sôs ac yn 'i sboncian hi dros grys melyn Sam i gyd.

'Honna,' medda Fferat, 'am yn union 'run peth â nes di i fi yn Chinks Stryd Llyn llynadd.'

'Mwnci Nel!' medda Sam wedi colli'i limpin yn llwyr. A dyma fo'n codi'r bwrdd a'r cwbwl odd arno fo a'i lechio fo dros Fferat a'r boi anlwcus odd yn ista'r un ochor â fo – y fi. Roeddan ni'n *sweet and sour* ac yn gyri gwyrdd drosdan i gyd a'r Chinks yn dwad fatha morgrug o bob man, yn sgrechian ac yn bygwth plismyn.

'Watchia'i co,' medda Sam Cei. 'Ma'u *hatchet man* nhw wrth y drws yn gneud yn siŵr bo ni'n talu.'

Rois i tenar ar y plât talu.

'Keep the change,' medda fi achos dodd 'na ddim.

'Give the scraps to the Alsatians aye,' medda Fferat ar 'i ffordd allan. 'Chinki gora gesh i rioed.'

'Lle rŵan?' medda Bob Blaid Bach efo king prôn yn hongian o'i driban o.

'New Moon,' medda fi. 'Yr unig glyb yn dre 'ma neith gymryd sglyfaethod uffar fatha chi.'

'A! Ty'd 'laen Gron Bach,' medda Sam a gafal rownd 'yn sgwydda fi. 'Be 'di dipyn o lanast rhwng mêts, y?' Ac ar yr un gwynt dyma fo'n deud yn 'y nghlust i: 'Mi leinia i'r Fferat Bach 'na pan ga' i afa'l ynddo fo!'

Odd Fferat wedi'i gluo hi'n o handi am y *Moon* o'n blaena ni, ar frys medda fo i olchi blas uffernol y Chink o'i geg. A phan gyrhaeddon ni'r *Hayes* pwy odd yn ista ar y fainc yn gweiddi canu 'I belong to Glasgow' a 'Will ye no come back again?' ond George Cooks efo record *Night on the Town* Rod Stewart dan 'i fraich o.

'Ylwch pwy sy'n fan hyn!' medda Fferat. 'Y ddafad golledig ia.'

'Hogia . . . ' medda George Cooks yn rhigian bob yn ail air ac yn gafal rownd y boi 'ma wrth 'i ochor.

'Ma'r . . . boi dall 'ma . . . fan hyn ia . . . yn dwad . . . *originally* . . . o'r un lle â'r . . . hen go yn Sgotland. Dwi 'di bod yn . . . lyshio . . . efo fo . . . drw'r nos.'

'Duw, dwi'n nabod hwn,' medda Bob.

'Olreit pal?' medda Harry Begar Dall. 'How's your luck? Not so bad.'

Merched y Wawr
CHATEAU NEUF DU PAPE (JIOS)

Y peth sy'n handi am Gaerdydd ydi bod chi'n medru mynd am fwy o êl wedi i'r pybs gau heb draffath o gwbwl. Yn Gynarfon pan esh i i ffwrdd odd gynnoch chi ddewis – Clyb Cash ne'r Chinks. Rŵan ma'n nhw wedi cau Cash ac ma' 'na ffeit yn y Chinks bob yn ail nos Sadwrn. Dyna ichi un rheswm pam ma' boi ifanc fatha fi s'isio dipyn o leiff yn well off yn fan hyn – am dipyn eniwe.

Ran amla mi fydd hogia'r *Ely* yn mynd i un o ddau le – *Casino* sy'n y docs ne' *Papajios* yn ganol dre. Ma' *Casino* yn dywyll ar diawl, yn fudur a swnllyd ac ma' rhaid 'chi ga'l tacsi i fynd lawr yno. Os byswn i'n ca'l *rise* fyswn i'n prynu car bach. Ond ma' 'na êl yn y *Casino* am brisia ddim yn bad. Gwin, haneri a phetha bach gewch chi yn *Papajios* fel gwelish i noson o' blaen.

'Peint o lager plis,' medda fi'r tro cynta i fi fynd yno. Does 'na byth feild mewn unrhyw glyb, dwi di ffendio. Dydi o ddim yn costio digon, a nhwtha isio'ch sginio chi ia?

'Only do halves. Lager's off. Wine or shorts,' medda'r fodan 'ma'n gwta. Be 'di'r ots bo nhw'n ddel os ydyn nhw'n siarad mor hyll?

'Bottle of wine 'ta,' me fi. Rhatach na fesul glàs.

'What kind?'

'Any kind,' medda fi'n dallt dim amdanyn nhw.

'Red?'

'Aye.'

'£2 please.'

'I only want one aye,' medda fi, ond odd y blydi thing yn ddwy sgrîn am botal! Gneud chi drw'ch trwyn ia. Dydyn nhw ddim mwy na punt yn off-leishans *Howells* 'cw.

Sbio drw'r twllwch a'r mwg sigaréts i weld o'n i'n nabod rhywun. Welish i Sabrina 'Pobol y Cwm' yn downsio efo rywun. Fyswn i ddim wedi meindio otograff i ddangos iddyn nhw adra 'mod i'n cwarfod y big nobs ar y *scene* Caerdydd 'ma, ond o'n i'n ofn mynd ati. Welish i Wayne Harris yno hefyd ond ddim dyna pwy ydi o go iawn achos 'i fod o'n canu yn Edward H. Dafis hefyd.

Dodd 'na neb o hogia'r *Ely*, cachwrs, yn fodlon dwad efo fi achos na nos Iau odd hi.

'Ty'd 'laen Stan,' medda fi. 'Ti'n byw ac yn bod yn y lle 'na ac wedi brolio digon arno fo.'

'Nos Sadwrn gei di wejen 'na w,' medda Stan. Fodan 'di 'wejen', a 'sboner' 'di boi. Dydyn nhw ddim yn gall lawr Sowth 'ma.

'Wel,' me fi. 'Dwi 'di bod yn cario homar o blydi Axminsters mowr trwm o'r stôrs i fyny i'r shorwms drw'r dydd a dwi'n haeddu tropyn.'

Erbyn cyrradd y *Papa* o'n i 'di penderfynu ffônio Mr Huxley'r bos yn bora i ddeud 'mod i'n giami – 'y nghefn i eto. Felly i lawr â'r êl . . .

'Martha Morris con'!'

'Ydw i'n 'ych nabod chi?'

'Iesu. Co' fatha gogor gin hon ia?'

'Gron bach. Do'n i ddim yn nabod chdi efo'r mwstásh coch 'na!'

'Ti'n licio fo? Trendi ia?'

Odd Martha 'run clas â fi'n rysgol Sul Moreia. Odd hi'n y gramar yn rysgol a finna'n dipyn bach is ia?

'Lle ti'n cadw Gron? Odd dy fam yn deud wrth Dad yn siop bo chdi lawr 'ma.'

'Dwi'n byw yn Roath yndw, a fydda i'n mynd i'r *New Ely* jest bob nos. Byth yn gweld chdi yno chwaith.'

'Ti'n licio yno? Dipyn bach o ddymp yndi?' medda hi a chodi'i thrwyn. A dyma fi'n sbio arni hi yn 'i ffrog floda hir, 'i gwallt jest-so a'i lot o fêc-yp a llgada lliw du a meddwl ella na fysa hi ddim yn ffitio i mewn yn yr *Ely* chwaith.

'Ysgol Sul a Band O' Hope wedi troi chdi'n erbyn lysh ia?' medda fi smalio bach.

'O na. Fyddan ni'n mynd am ddrinc bach ryw noson neu ddwy yr wsnos. Paid â sôn wrth Dad chwaith. *Conway* 'sti. Ti wedi bod yna?'

'Do unwaith,' medda fi, ond nesh i ddim cymryd arna noson mor uffernol o boring o'n i wedi ga'l yno.

Ddoth 'na Luned a Gwenan a Siân heibio. Tichyrs bob wan, yn byw efo Martha yn Llandaf. O'n i ddim yn ffansïo dim un ohonyn nhw ond mi safon nhw fatha Merchaid y Wawr o 'mlaen i.

'Ma' Gron yn dod o Gaernarfon,' medda Martha wrthyn nhw.

'O ie. Ble'r y'ch chi'n dysgu?' medda Luned.

'Ddim tichyr ydw i.' Pam bod nhw i gyd yn meddwl bo fi'n dichyr?

'O!' medda Gwenan. 'Ble chi'n ymuno yn y bywyd Cwmrâg?'

'Paid â phoeni del, dwi 'di ffendio'r hogia,' me fi.

'Mae o'n chwara cardia yn y dafarn bob nos,' medda Martha, ac mi chwerthon nhw a twt-twtian.

'A be 'dach chi'n neud gyda'r nos 'da?' medda fi, dipyn bach yn embarasd.

'Wel,' medda Gwenan, jest â marw isio i rywun ofyn iddi, dwi'n meddwl. 'Ni'n y côr, Côr yr Aelwyd a Chôr Godre'r Garth, beiti dwy neu dair noson yr wythnos. Y'ch chi'n canu? Na?'

'Iesu,' medda fi wrth y DJ, 'turn the blydi noise down aye.'

'Hey! What does this guy want? Victor Sylvester?' medda fynta.

Chwerthodd pawb am 'y mhen i, ac ath Gwenan yn 'i blaen:

'Ac mae dosbarth nos i ddysgwyr 'da dwy ohonon ni. A ni'n 'itha diwyd yn yr Aelwyd on'd y'n ni ferched? Ac mae Siân yn ysgrifenyddes y gangen leol o'r Blaid, on'd wyt ti Siân?'

Ddeudodd Siân ddim byd dim ond gwenu'n swil a gwasgu'i handbag yn nyrfys. Odd ddim isio iddi fod yn nyrfys, 'chos be amdana fi yn gorod gwrando ar gang o fodins clyfar fel hyn yn deud wrtha i sut oeddan nhw'n cadw Cymraeg yn fyw yn Gaerdydd? Neud i fi deimlo'n giami uffernol, bod gin i ddim

talent i neud dim byd, ar wahân i chwara gêm ddim yn bad o ddarts ne' rownd o snwcer go lew ia, a be 'di'r iws hynny?

'Iesu genod,' me fi, 'o'n i'n meddwl bo fi'n gneud yn o lew ffendio gang o hogia Cymraeg i ga'l hwyl efo nhw yn Gaerdydd fatha fyswn i adra yn dre. Dwi ddim digon da i'ch llefydd chi eniwe.'

'Dere nawr Gronw,' medda Luned bengoch. Gronw? Be ddiawl ma' hi'n galw fi'n hynny? 'Mae'r Urdd yn agored i bawb w!'

Urdd myn uffar i! Fush i rioed yn perthyn i'r Urdd. Do'n i ddim am ddeud gair chwaith achos bo fi'n gwbod bod Martha Morris wedi bod yn aelod ers pan odd hi'n ddim o beth. Ond odd hi'n byw yn St David's Road efo'r bobol fawr, a dyna 'chi pwy odd hogia'r Urdd yn Gynarfon. Plant blaenoriaid a tichyrs a ballu. Downsio gwerin a ryw falu cachu felly. Sisis. Fedrwch chi weld hogia Sgubs yn gneud ryw rigmarôl fel'a? Dwi'n cofio Miss Jones Welsh yn rhoid ryw gomics Cymraeg i'r clas:

'Dim ond i blant bach yr Urdd,' medda hi, a John Tŷ Nain a finna'n tynnu stumiau ar 'yn gilydd. A dwi'n cofio llond bŷs ohonyn nhw'n mynd o'r Maes yn dre i'r camp yn Llangadog ac yn canu caneuon stiwpid wrth fynd. 'Lawr ar lan y môr' ia? Mi lechiodd John Tŷ Nain a finna gerrig at y bŷs wrth iddo fo gychwyn ond do'n i ddim isio ypsetio'r genod 'ma ac mi gaeish i 'ngheg.

Ofynnish i i Martha be odd hi'n neud nos Sadwrn, ond odd hi'n mynd i barti caws a gwin yn Rhiwbeina. A'r wythnos wedyn? Prysur iawn, rhywbeth ymlaen bob nos.

'Sut w't ti'n medru sbario awr i ddwad i fan hyn?' me fi wrthi'n sbeitlyd.

'Mae nos Iau yn noson dda 'ma,' medda hitha heb gymryd sylw ohona i. 'Criw da o'r BBC yn dwad yma.'

Ac ro'n i'n gwbod na yn fan'no rodd Martha Morris yn chwilio am fachiad ac nid yn ganol hogia dre. Dodd 'na ddim llawar o siâp ar yr hogan swil Siân 'na ond esh i draw i thrio hi. Roish i'n llaw rownd 'i chanol hi a do'n i ddim yn gneud yn ddrwg yntôl pan, damia uffar, dyma 'na joch o'r piso coch o'n i'n yfad yn mynd lawr ffor' rong. Dyma fi'n tagu arno fo, ac i lawr ar y mat â fo, hannar drw' 'ngeg i a hannar drw' 'nhrwyn i. Mi heglodd y genod rhag i'w ffrogia llaes nhw 'i cha'l hi. Jest as well, ond ddoth yr un ast i'n helpu fi chwaith pan ddoth 'na horwth o blydi bownsar mowr heibio a gafal yn 'y ngwar i.

'Out!'

'Uffar o berig mêt,' me fi. 'Newydd gyrradd ydw i ar ôl talu chweig i ddwad i mewn, a thalu dwy sgrîn am y sothach sur uffernol 'ma . . . '

Ond odd o'n benderfynol, ac achos bo fi'n benderfynol 'efyd ath petha'n flêr do? Cyn 'chi ddeud Jack Robinson o'n i allan ar 'y nhin ar y pafin efo'r uffar mowr 'ma yn 'y nghicio fi drosta. Ro'n i'n gleisia byw.

A finna'n dal i riddfan ar lawr, mi ddoth 'na ddau foi allan o'r *Papajios*. Y manijer a Gareth Connolly o'r *Ely*. Do'n i ddim yn gwbod bod o yno. Roeddan nhw'n ffraeo fel diawl.

' . . . and call your bloody animal off. I'm in the C.I.D. and I could get this place shut down tomorrow if I wanted to.'

Mi drodd y manijer yn neis i gyd ac mi helpodd fi fyny a gneud moshiwns llnau'r llwch off 'y nghôt i. Rownd y gongol rodd y clyb 'ma, *The Revolution*, lle lladdodd ryw fochyn o fownsar un o hogia Caerdydd ryw fis yn ôl. Ma' 'na enw newydd ar y lle rŵan – *Smileys*.

Mi gerddodd Connolly a fi adra drw'r dre a rhannu'r botal win ddoth o allan efo fo.

O'R POST

Y Br G. Jones:

......rhaid cyfadde i mi gael yr erthygl yn ddichwaeth, gyda'r llifeiriant rhegfeydd ynghyd â thema'r 'dyddiadur' yn merwino'r glust ac yn ddolur i'r llygad. Er ei fod yn ceisio bod yn glyfar, credaf iddo fethu yn druenus wrth iddo ymdrechu mor slafaidd i ddwyn y rhegfeydd i mewn i rediad y stori.

Dyn Dwad'' weai mynd dros ben llestri y tro hwn. Dyma'r math o "lenyddiaeth" y gellid ei ddisgwyl yn **Lol** *neu gylchgrawn Rag. I'r rhai na sydd yn dymuno darllen y fath sothach yn y cylchgronau hyn, mae rhyddid iddynt wrthod eu prynu ond mae'r sefyllfa'n bur wahanol gyda'r* **Dinesydd** *gan ei fod yn cael ei ddosbarthu'n rhad ac am ddim i bawb.*

Rydw i a channoedd eraill yn mwynhau'r **Dinesydd** *o fis i fis ac yn teimlo'n wir ddiolchgar i chi am eich ymroddiad a'ch dyfal-barhad gyda'r gwaith anodd o'i baratoi. Dyna'r rheswm y teimlwn mor ofidus nos Sul wedi darllen y dyddiadur yna — yn wir, rhagwelwn y gallai hyd yn oed beryglu dyfodol* **Y Dinesydd**. *Charwn i ddim gweld diwedd ar* **Y Dinesydd.**

Yn ddiffuant,

[illegible]

Ra[illegible], [illegible]aerdydd.

Yn erbyn... ac o blaid

ANNWYL OLYGYDD,

Fe ddarllenais i erthyglau Goronwy Jones, a chael hwyl fawr o'u darllen nhw. Maen nhw'n ddelwedd go iawn o fywyd ymysg pobl ifanc Caerdydd, a siarad yn fras.

Gwnaed i mi chwerthin wrth ddarllen cyhuddiad diaconiaid Ebeneser, ei fod e'n "dwyn gwarth ar ei gymdeithion". Pa mor gul all pobl fod!

Efallai ei bod hi'n frawychus i'r bobl hunan-gyfiawn yma ddarganfod fod 'na rai pobl sy'n gallu mwynhau bywyd y tu fas i'r eglwysi a'r cwrdd gweddi. Yn anffodus, mae'n debyg fod llawer o broblem diota a meddwdod heddiw yn adwaith uniongyrchol cymdeithas yn erbyn agweddion awdurdodol a llethol y ceisiai'r eglwysi a'r capeli eu gorfodi arni cynt.

Yn olaf, mae'r **Dinesydd** *yn* **bapur** *i bobl Caerdydd, a dylai papur gynnwys newyddion a phethau cyfoes, nid cwynion pobl hynafol, ddigofus.*

Yn gywir,

[illegible] DAV[illegible],

[illegible] A[illegible]sg Cy[illegible],

Cae[illegible]dy[illegible].

Eisteddfodwyr Pub(yr)

'W't ti ddim yn meddwl bod hi dipyn bach yn hwyr i ddechra sôn am y Steddfod rŵan?' medda fi wrth yr hogan sy'n gneud y papur 'ma. 'A hitha'n dymor concyrs?' Ro'n i'n dechra nogio braidd efo'r busnas sgwennu 'ma.

'Ma'n nhw'n sôn am y Steddfod yn *Y Faner* nes bod hi'n dymor celyn,' medda hitha. O'n i ddim yn gwbod be odd *Y Faner* nes deudodd hi na 'run fath â'r *Cymro* odd o, ond heb lunia. Ma' rhywun yn dysgu rwbath bob dydd yndi? A fel'a gesh i'r ordors i sgwennu hwn am Steddfod Abarteifi i'r papur er 'mod i beth uffernol yn hwyr.

Gesh i bythefnos o holides ha' gin *Howells* a Iesu odd hi'n braf ca'l sticio 'mhen allan drw' ffenast y trên tua Rhyl 'na ar y ffor' i fyny i Gynarfon, a 'nadlu awyr iach a cha'l gwarad ar ogla moth-bôls storws carpedi'r gwaith 'na o'n ffroena. Ma' gynnon ni hen fasdad o fforman sy' ar 'ych cefn chi drw'r dydd, ac ar ôl iddo fo ddeud wrtha fi'n sbeitlyd 'Jones you're a waste of space' pan nesh i fôls ohoni a gyrru'r carpad peil rong i dŷ ryw swancs yn Rhiwbeina, o'n i jest â marw isio denig.

Peth cynta gesh i pan esh i i mewn i'r *Black Boy* nos Wenar honno, cyn na 'Croeso adra co',' na 'Be ti'n yfad con'?' odd 'W't ti'n dwad lawr i Steddfod efo'r hogia fory Gron bach?' Cyn i fi ga'l 'y ngwynt ata jest, na peint o *M & B* i lawr 'y nghorn gwddw na deud 'helo' wrth yr hen fod 'cw, rodd pump ohonan ni 'di stwffio tent a *sleeping bags* i fŵt Austin 7 Sam Cei'r Abar a bomio dros Pas Llanbêr am y Sowth eto. Tua un ar ddeg stopion ni am beint cynta'r Steddfod yn Dolgella.

'Ma' 'na gymint o draffig yn y dre 'ma,' medda Bob Blaid Bach odd yn dreifio, 'dwi'm yn gweld lot o bwynt stryglo drwyddo fo. Ydach chi hogia?'

'Ma' 'ngheg i'n sych fatha caetsh byji con',' medda Fferat Bach.

Uwchben 'yn peint yn yr *Union* mi ddeffrodd George Cooks a gofyn:

'By the way hogia, lle ma' Steddfod?'

Nos Sadwrn, roeddan ni'n gweiddi fatha mylliwrs allan o ffenestri'r car ar y ffor' i mewn i Abarteifi, wedi yfad yr holl ffor' lawr. *Owen Glyndŵr* Machynlleth, *Skinners* Abar, *Feathers* Abaraeron – aethon ni drwyddyn nhw i gyd, ac erbyn hannar awr 'di deg oeddan ni gyd yn bloto, jest er mwyn gosod y patrwm am yr wsnos ia?

Bora dydd Sul yn gynnar, rodd yr hogia yn ista ar y sgwâr yn disgwl i'r lle sosej ac ŵy agor i frecwast pan ddoth 'na hen ddynas bigog heibio a deud na dyfaru fysan ni ryw ddwrnod. Tasa hi 'mond yn gwbod odd yr hogia'n dyfaru yn y fan a'r lle – dan tro nesa ia! Gyda'r nos, mi welon ni'r ddynas eto pan oeddan ni'n disgwl i'r Clyb Rygbi agor:

'Watchiwch 'ych hunan hogia,' medda Fferat, 'ma' Ena Sharples yn dwad o capal.'

Bora dydd Llun odd hi'n dechra llenwi go iawn a dodd 'na ddim cymaint ag un bwrdd na chadar yn bar blaen yr *Hope and Anchor*. Ar lawr fuo raid i'r hogia ddechra'u hyfad. Ond odd hi mor ddiawledig o braf tu allan, aethon ni i ista ar y pafin cynnas i êlio.

'Uffar o hwyl gweld pobol barchus Steddfod yn gorod cerddad rownd y lyshiwrs!' medda Sam Cei.

'Hey you! Get up!' Chymodd yr hogia ddim sylw. 'Hey you! You're blocking the gangway!'

Wedi gwylltio, ddoth y copar moel 'ma drosodd at Cooks, gafal yn 'i fwng hir o a gofyn os odd o wedi golchi'i glustia 'leni.

'W't ti'n siarad Cymraeg?' medda fi wrth y cop.

'Odw,' medda fynta'n swta.

'Blydi wel siarada fo 'ta!' medda Bob Blaid Bach sy'n ddistaw fatha llgodan os na bechith rywun yn erbyn Cymraeg.

Ond Bob Blaid Bach odd y cynta yn y *Black Maria* wsnos honno am 'i jîc. Nath yr hogia gythral o hwyl am 'i ben o weddill yr wsnos. Deud y bysan ni'n spragio wrth Gwynfor Evans ac y bysa hwnnw, hen ffasiwn fel ma' fo efo cwrw, yn siŵr Dduw o'i nadu fo fynd â'i bamfflets o gwmpas Sgubs o hynny 'mlaen.

'Gron bach y blydi Gog uffernol!' Penniman a Gareth

Connolly wedi cyrradd Steddfod i greu rycshiwns. Roeddan nhwtha fatha ninna wedi ffendio'r Clyb Rygbi odd yn gorad drw'r pnawn.

'Ma'r *New Ely* yn wag yn yr 'af,' medda Penniman, 'ond ma'n well na cha'l stiwdants a blydi Gogs 'na!'

'Gwell Wog na Gog!' medda Connolly a chwerthin yn sbeitlyd.

Smalio ma'r hogia go iawn, ond odd hogia dre ddim yn dallt hynny nag oedd?

'Trio codi strop ma'r coc oen blewog 'ma Gron? medda Fferat Bach, odd yn fodlon cymryd Penniman er bod o ddwywaith 'i seis o.

'Iesu Mowr naci,' medda fi yn gweld 'yn hun yn ca'l 'yn rhwygo'n ddau rhwng 'yn mêts adra a'n mêts newydd yn Gaerdydd.

'Ro' i gweir iawn i hwn os tisio,' medda Sam Cei a gafal yn côt armi Connolly. 'Tisio lab con'?'

'Malu cachu ma'n nhw hogia,' me fi.

'F.W.A. 'sti,' medda fi'n glust Bob Blaid Bach a Sam Cei ac mi nath hynny'r tric.

'Peace man,' medda Cooks yn cytuno efo fi.

'Be chi'n moyn i ifed y jawled dwl?' medda Penniman.

'Ond siarada di efo nhw Gron,' medda Sam. ''Sgin i'm syniad be ma'r basdads yn ddeud.'

Deud y gwir, odd yr hogia'n meddwl bo fi'n dipyn o foi yn medru dallt hogia Sowth a siarad efo nhw. O'n i fatha intyrprytyr drw'r wsnos wedyn ond odd o i gyd werth o er mwyn gweld yr hogia'n fêts penna erbyn y diwadd:

' "Moyn" ydi "isio" ac "allan" 'di "mas",' medda Fferat nos Ferchar a meddwl bod o'n glyfar uffernol.

Nos Wenar odd Bob Blaid Bach a Connolly ym mreichia'i gilydd yn dynn yn morio canu:

'I'm a bastard, I'm a bastard, I'm a bastard yes I am!

But I'd rather be a bastard than an effing Englishman!'

Y mistêc mwya neuthon nhw rioed yn y Llwyn Dyrys 'na lle'r odd Edward Hêch yn canu odd trio nadu'r hogia fynd i mewn. Achos i mewn yr aetha'r hogia, ryw ffor' neu'i gilydd. Dwrnod wedyn gath yr hogia fodd i fyw yn gweld 'u hanas yn y *Western Mail*.

'Lle gest ti hwnna Gron?' medda Cooks. 'Lot gwell na *Daily Post* yndi?'

Ddim bod yr hogia wedi mynd ati'n unswydd i neud llanast yn y lle, ond be ond peipia'r bog sy' 'na i afa'l ynddyn nhw wrth sleifio i mewn drw' ffenast y lle chwech tra bod Dafydd Iwan a'i fêts Tai Gwynedd yn hel ticedi yn drws ffrynt? Mi blygodd ac mi fystiodd y peips nes creu'r fflyds mwya diawledig welsoch chi rioed.

'Isio Arch Noa ia,' medda Fferat wrth wagio'i bymps drewllyd.

'Dos i nôl dy gwch Sam,' medda Bob.

Odd y papur yn cwyno bod yr hogia'n sâl fel cŵn dros y siop i gyd ac ella na dodd hi ddim yn gymaint o sioc â hynny bod Mimw Besda'n chwdu'i berfadd os odd y barman 'na mor stiwpid â dal i syrfio fo a fynta'n gaib dwll ers oria.

'Digon parod i gymryd dy brês di, ond ddim yn barod i gymryd y draffath wedyn ia,' medda Sam. Rwbath yn beniog yn Sam weithia.

'Bragwyr Saesneg!' medda Bob Blaid Bach ar dop 'i lais.

'Ym be?' medda pawb efo'i gilydd. 'Lle glywist ti hynna Bob?'

'Black-enameled baaaaaastard!' medda Penniman a'i llgada fo'n gloywi. Mewn llais is na bas odd Connolly'n canu'r 'Foggy Dew' iddo fo'i hun. Steddfod dda!

* * *

Yr unig beth ciami odd bod y maes campio mor uffernol o bell o'r dre. Bob nos oeddan ni'n pasio dwsina o hogia a fodins odd 'di methu neud hi'n dôl ac wedi syrthio fatha sacha i gysgu yn y cloddia. Odd y llefydd 'molchi mor fudur ia, oeddach chi'n lanach yn mynd i mewn nag oeddach chi'n dwad allan. Ond odd gofyn 'chi fod yn homo i fethu ffendio fodins yno.

'Arglwydd!' medda Fferat Bach un bora. 'Cerwch i'r dent at

yr hwran wirion 'na o Llanelli 'ogia. Dydi hi'm yn gall.'

'Paid â poeni Fferat. Chdi 'di'r dwetha fel arfar. 'Dan ni gyd 'di bod,' medda Sam Cei.

Brecwast am naw a cinio amsar stop-tap pnawn – felly odd dallt hi.

'Chips aye. Fish aye. Bread and butter aye,' medda Fferat yn y caffi.

'Anythin' to drink with your meal?' medda fodan fach yn cynnig te ne' goffi.

'Iesu no. I had enough to drink already aye!' medda Fferat. Idiot Fferat.

'Oes ots 'da chi beidio rhegi shwd gimint?' medda'r boi mewn oed 'ma odd efo'r wraig.

'Sori musus,' medda fi. ''Nawn ni drio cofio. 'Dan ni 'di ca'l lysh 'chi.'

'Hy!' medda honno lawr 'i thrwyn. 'Wn i ddim beth mae'ch siort chi eisiau yn yr Eisteddfod o gwbl. Na wn i wir. Meddwi a slotian a . . . '

''Na ni, 'na ni,' medda'r gŵr yn sbio'n ofnus ar yr hogia drw' gil 'i lygad. 'Gad e fod nawr Gladys.'

Dodd yr hogia rioed 'di clywad neb go iawn efo'r enw Gladys o'r blaen a fystion nhw chwerthin.

'Gladys where are ew?' medda Cook mewn llais Ryan.

'Godsan wirion,' medda Fferat dan 'i wynt. A dyma hi'n ffrwydro.

'Y cari-dyms bach diwerth! Y moch bach disafonau! Difetha'r Eisteddfod! Dwyn gwarth a chywilydd ar ŵyl y genedl! Gwneud sôn amdanom ni! Ar adegau fel hyn mae gen i gywilydd bod yn Gymraes. Oes Mathew, 'tawn i'n marw'n y fan 'ma . . . ' A dyma hi'n dechra sniffian crio.

Ath yr hogia'n ddistaw i gyd. Bob Blaid Bach yn plygu'i ben ac wedi cochi braidd. 'Cywilydd bod yn Gymraes . . . ' Hyd yn oed Fferat yn meddwl 'i fod o wedi mynd dros ben llestri. Neuthon ni dalu a gadal.

'Sori musus,' medda fi cyn mynd. 'Fel'a ma'r hogia.'

Pnawn hwnnw efo'r cymyla bach gwyn 'ma yn nofio fatha

wadin yn yr awyr uwchben y môr a sŵn eroplêns yn hymian yn bell yn yr awyr yn rhwla, mi gerddodd yr hogia yn ddistaw i fyny'r allt i'r cae am y tro cynta. Mi brynon ni *Lol* bob un, ista mewn congol o'r lle llychlyd, sbio ar y llunia a darllan rhei o'r jôcs. Rodd 'na sôn bod rhywun 'di rôgio efo'r gadar a pawb yn poeni na fysa 'na ddim cwt i roid y Steddfod flwyddyn nesa. Dydi George Cooks ddim yn gwbod lle bydd hi eto ond mae o'n sbio 'mlaen fel yr hogia i gyd at fynd yno.

Sti
CWEIR
CRASFA
CHWELPAN
LAB
BOB

O'R POST

ANNWYL OLYGYDD,

Rhaid oedd imi leisio barn ar ddyddiadur y 'Dyn Dwad' ac hefyd ar lythyr Peter Davies (Y Dinesydd, mis Rhagfyr).

Teimlais fod y dyddiadur yn warth, yn cynnwys straeon am yr ymddygiad mwyaf dichwaeth, a bu'r crynodeb o'r ymddygiadau mewn tafarnau yng Nghaerdydd ac yn ystod yr Eisteddfod yn ofid calon i mi.

Cytunaf yn llwyr â diaconiaid Capel Ebeneser ac fe hoffwn sicrhau Peter Davies bod o leiaf un person ifanc yng Nghaerdydd ddim yn dal ymddygiad y Dyn Dwad na'i gyfeillion fel "delwedd go iawn o fywyd".

Nid yw'r rhai sydd yn condemnio yr hyn a welwyd yn y Dyddiadur yn "hunan-gyfiawn" o gwbl, ac ynglŷn â'r cyhuddiad bod y Gymraeg yn cael ei llofruddio gan y Capeli, mae hynny yn hollol ddi-sail, oherwydd mewn tafarnau, Saesneg yw'r brif iaith "swyddogol" ar y cyfan.

Yn ogystal â hyn, roedd erthyglau'r Dyn Dwad ymhell o fod yn safonol, yn llawn o regfeydd a geiriau eraill Eingl-Gymraeg, ac roedd yr arddull hefyd yn eithafol o ddi-safon. Ai dyma yw gadael i'r Gymraeg "newid a datblygu, a lledaenu"? Os mai hyn yw canlyniad cefnu ar y Capeli a'r gwerthoedd Cristnogol, yna rwy'n siwr y byddai nifer o Gymry yn barod i wrthwynebu ymddygiad y Dyn Dwad a'i gyfeillion.

Yn Gristnogol,

[illegible] (17),
[illegible], Caerdydd.

ANNWYL OLYGYDD,

Gwelais lythyr yn Y Dinesydd *ym mis Mawrth, gan Iwan Jones (17).*

Tybed sut mae Mr Jones yn adnabod cymaint ar dafarnau Caerdydd — ac yntau'n (17)?

Yn amheus,

[illegible]ER [illegible],
[illegible] [illegible]dysg Cyn[illegible],
[illegible]dydd.

O.N. Hir oes i'r Dyn Dwad.

Nid Aur yw Popeth Melyn
SA(MAN)! SA(MAN)! SAMANTHA!

Fydda i'n meddwl weithia na fi 'di'r boi mwya anlwcus yn Iwrop lle ma' fodins yn cwestiwn. 'Blaw bo fi 'di ca'l 'yn hudo i chwilio am damad fyswn i byth dragywydd yn sefyll fa'ma ar y pafin o flaen clyb *Samanthas* wrth geg Bute St. am un ar ddeg o' gloch nos – dair awr gron cyn iddyn nhw gau!

Un noson wsnos dwetha o'n i'n ca'l sgwrs *man-to-man* efo Frogit y stiwdant clên wrth far yr *Ely*. Y fo 'di'r unig stiwdant da dwi'n nabod. Hen snobs a phenna mowr uffar ydi'r gweddill ohonyn nhw. Mi fyddan nhw'n dwad i'r *Ely* bob nos yn hwyr, yn blocio'r bar ac yn 'i gneud hi'n anodd i'r hogia ga'l rownd ddwetha cyn 'ddi gau.

'Co'r blydi *ten o'clock wonders* yn llanw'n local i!' medda Penniman, sy'n casáu nhw hyd 'n oed yn fwy na fi.

Ma' Frogit wedi bod yn dda efo fi ers pan ddesh i yma ac o dipyn i beth mi ddesh i ddallt bod o'n dipyn o *ladies man* 'efyd. Ma'r fodins i gyd, dim ots pa oed, wrth 'u bodd efo fo.

'Olreit my love?' fydd Frogit yn weiddi ar yr hen fodan fydd yn dwad i'r *Ely* i nôl 'i ffisig *Guinness* o'r *off-sales*. Dipyn bach cleniach na Penniman: 'Nain Methiwsila' fydd o'n 'i galw hi.

'Haia del! Sut wyt ti 'te?' fydd o'n weiddi ar bob fodan ifanc sy'n dwad i'r bar. Ma' fo'n 'u nabod nhw i gyd ac wedi bod efo nhw i gyd jest 'efyd.

'Frogit,' medda fi. 'Dwi ddim yn ca'l lot o lwc efo fodins ers pan dwi'n Gaerdydd 'ma 'sti. Be ti'n feddwl ydi o? B.O?'

'Ti wedi trio ca'l hwyl ar Gresilda fan ene?' medda Frogit. '*Cert.*'

'O Duw! Dwi 'di 'laru ar honna,' medda fi'n g'lwyddog i gyd.

Ar ôl i Dai Shop ddeud wrtha i amdani hi y noson gynta 'no fisoedd yn ôl, ro'n i 'di gofyn iddi hi ddwywaith.

'Dere 'nôl wedi i mami newid dy gewyn di,' gesh i tro cynta. A phan ofynnish i iddi hi wedyn fysa hi'n ffansïo dwad am goffi i'n fflat i pan o'n i'n gaib dwll un nos Sadwrn: 'Smo ti'n da i ddim i fi fel'na boi bach!' odd 'i hatab sbeitlyd hi.

'Na, ti'n gwbod be 'di dy drwbwl di on'd wyt ti?' medda Frogit wedi deiagnoshio 'mhroblam i'n gynt na Marjorie Proops. 'Ti â dy drwyn ormod yn y cardie 'ne. Iste fel rhechod yn chware am arian 'ych gilydd bob nos a holl lodesi Caerdydd yn disgwyl amdenoch chi. Ddown nhw ddim heb damed o waith t'weld . . . Ddeuda i wrthat ti be. Wela i di fory'r nos ac awn ni i rwla lle fedri di ddim methu.'

'Duw, grêt!' me fi'n dechra cynhyrfu. 'Gwranda. Ti'n meddwl 'mod i angan dipyn o ddillad mod – sgidia sodla, crysa bloda a ballu? Gêr fatha Stan Crossroads ia, rhag bo fi'n edrach yn sgryff?'

Sbïodd Frogit rownd ar Stan ac mi welodd Stan o.

'Fi wedi danto cadw ti mewn grant Frogit w. Beth yw hon nawr? Dy 'weched blwyddyn di?'

Ma' Stan yn gweithio ar y bysus ac yn gwylltio bod stiwdants yn byw ar y wlad.

'Ddim dillad sy'n bwysig,' medda Frogit yn ddoeth heb gymryd y mymryn lleia o sylw ohono fo. 'Ond ddeuda i wrthot ti be allet ti neud. Cer am 'drim' bach fory'r pnawn.'

'Hei! W't ti'n dwad i'r *Casablanca* efo ni nos fory Gron?' medda Dai Shop pan esh i ista efo nhw am gêm o frag.

'Nac'dw. Ma' gin i betha pwysig i neud nos fory,' medda fi.

'O! Gwrandwch arni hi!' medda Dai'n sbeitlyd. 'Be s'gin ti i neud felly sy' mor uffernol o bwysig?'

Nesh i ddim byd 'mond gwenu a phwyntio at 'y nhrwyn.

* * *

'Tisio'i olchi fo? medda'r fodan yn *Martin Willy's*.

'Nag oes. 'I dorri fo ia.'

'Dydan ni ddim yn torri gwalltia'n sych.'

I be odd hi'n traffath gofyn? Pan ddoth hi'n amsar y *blow-dry* 'ma odd 'y ngwallt coch i'r cyrlio dros y lle i gyd, fel y bydd o, a'r fodan yn mynd yn lloerig na fedra hi mo'i neud o'n strêt fatha pin.

'Gwallt annifyr gin ti,' medda hi.

'A chditha,' medda fi wrth y bitsh bowld. Ond y sioc fwya gesh i odd y £2.50 o dolc gesh i wedyn. Cofio fo'n hannar bwl yn dre pan o'n i'n fach. Gobeithio fydd o werth o ia?

Nesh i gwarfod Frogit yn y *Great Western* lle bydd y stiwdants yn mynd i wrando ar grŵps-mewn-pyb.

'Trwbwl fan hyn ydi bo chdi'n gorod gweiddi mor uchal i glywad rwbath yn siarad,' medda fi'n dwll clust Frogit.

'Y?' medda Frogit. 'Cymer di hon rŵan. Ma' hon isio dyn heno.'

'Iesu! Sut ti'n gwbod?' medda fi'n 'i weld o'n uffernol o glyfar.

'Hawdd. Edrych ar 'i bys hi. Weli di'r cylch gwyn ene ar 'i bys hi? Modrwy briodas was. Wedi'i thynnu hi am noson. Dallt?'

'Arglwydd! Ti fatha Sherlock Holmes Frogit!' me fi.

'Elementary Gron bach. Elementary,' medda fynta a sincio'n ôl yn llanc yn 'i gadar.

'Weli di honne fan'cw?' medda fo wedyn. 'Dyna 'ti un arall. 'I gŵr hi ar shifft nos yn G.K.N. a hithe'n jolihoetio. *Dwi'n* gwbod. Ma'r rhei'cw'n iawn 'efyd. Bigish i un i fyny yn y *Wine Bin* llynedd. Coleg *cooks* Llandaf . . . '

A dyma fi'n sincio 'mheint mewn chwinciad. Yn y mŵd. Gwbod byswn i'n iawn efo Casanova fatha hwn ia.

'Awn ni atyn nhw 'ta?' me fi ar binna.

'Na. Dydi'r rhein ddim patsh ar be gawn ni heno . . . Glywist ti honna am y tarw ifanc a'r hen darw . . . ?'

Pan ddoth hi'n *stop-tap* dyma'r hogia'n 'i 'nelu hi am *Samanthas* wrth ochor *Smileys*.

'Pan ddechreues i'n y coleg, flynyddoedd maith yn ôl,' medda Frogit, '*Barbarellas* odd enw fa'ma, ac mi fydde Hywel Gwynfryn heb 'i farf yn gneud discos Cymraeg ene. A rŵan dwi'n DJ 'yn hun bob nos Iau yn y *Casino*. Pwy fyse'n meddwl yntê?'

Steddon ni'n llancia i gyd ar y stolia wrth y bar yn

Samanthas yn yfad blacardis a sbio am dalant.

'Rhein!' medda Frogit o'r diwadd.

Odd o wedi ffansïo dwy fodan efo gwallt melyn hir odd yn sefyll yn secsi wrth y llawr downsio. Mewn dim roeddan ni'n downsio efo nhw, diolch i jatio smŵdd Frogit, ac yn prynu blacardis iddyn nhw ac yn gafal rowndyn nhw yn y seti mewn congol dywyll.

'W! Dwi'n licio dy wallt cyrls di cariad!' medda'n fodan i, a finna'n diolch 'mod i 'di bod at Martin Willy.

'Dydyn nhw'n hogia bach neis Doris?'

Ro'n i'n dechra enjoio'n hun go iawn pan drodd Frogit ata fi a sibrwd yn 'y nghlust i:

'Paid â styrbio rŵan was. Ond ddim merched ydi'r rhein.'

'Y?' medda fi. 'Be ddiawl ydyn nhw 'da?'

'Hogie.'

'Hogia? Be uffar ti'n feddwl Frogit? Ty'd 'laen.'

'Nansis. Pwffs. Homos. 'Dan ni 'di ca'l ail. 'Di ca'l 'yn gneud. W't ti ddim 'di sylwi?'

'Nag'dw. Sut w't ti'n gwbod 'ta?'

'Waeth 'ti befo hynny am funud. Ty'd. Côd a gad 'ni fynd reit blydi siarp!'

'Oi! Were are you two lovely boys going?'

'Urgent appointment aye!' me fi.

Ath Frogit i'r bog i chwdu, ond diolch i'r gras do'n i ddim 'di dechra snogio efo un fi.

Ro'n i'n sychu'r chwys odd' ar 'y nhalcian wrth y bar pan ddoth y boi 'ma heibio.

'Hello. I'm Gay!' medda fo.

'I'm Goronwy,' me fi a dyma fi'n dechra deud wrtho fo am y *close-shave* odd yr hogia newydd ga'l . . .

'Wel, be ti'n ddisgwyl?' medda fo a wincio arna fi. ''Yn parti ni 'di hwn heno 'de?'

Ac yn ara' deg bach dyna fi'n dechra twigio be odd yn digwydd. Rodd hwn a'r 'fodins' 'na a phob blydi wan yn y clyb 'ma'n *queers*!

I'M GAY
SO AM I

'Frogit lle w't ti? Lle ddiawl ti 'di dwad â fi?'

''Sdim isio chdi fod ofn 'sti del,' medda'r Gay 'ma. 'Dydan ni ddim yn hambygio pobol os nad ydyn nhw isio. Os dwi'n licio rhywun dwi'n dwad draw i siarad efo nhw i weld os ydyn nhw'n licio fi. Os dydyn nhw ddim, dyna fo.'

'Ers . . . ers pryd ti fel hyn 'da?' medda fi i drio lladd amsar.

'O, ers i'r hen foi 'ma 'nghodi fi ar ganol stryd pan o'n i'n saith a rhoid chwip din i fi!' medda fynta a chwerthin.

Diolch i Dduw, dyma Frogit yn 'i ôl cyn 'mi glywad mwy o'i siarad uffernol o.

'Dwi'n mynd efo gŵr 'yn chwaer ar hyn o bryd ac ma' hi'n meddwl bod o'n grêt!'

'Hegla'i o'ma'r basdad budur!' medda Frogit. 'Ti'n gwbod be 'di'r sgôr Gron bach?'

Nodish i.

'Paid â mentro i'r toilet 'na was.'

Wrth frysio allan dyma fi'n sylwi na Gay odd enwa peth uffar ohonyn nhw yn ôl y bajis oeddan nhw'n wisgo ar 'u cotia.

Sefodd Frogit a finna â'n penna'n 'yn plu ar y pafin am rei munuda'n methu coelio'r lwc giami gafon ni. Trystio ni i ddewis hwn allan o'r cannoedd o glybia sy'n Gaerdydd! Dyma ni'n sbio ar 'yn gilydd ac yn bystio chwerthin.

'Ti'n dipyn o *ladies man* w't Frogit!'

'Cau dy geg uffern! Alle fo ddigwydd i rywun. W't ti'n dod i fflat y nyrsus efo fi?'

Am bo fi mor agos i'r docia mi ddeudish i 'na' a'i 'nelu hi am y *Casablanca* at yr hogia. Ddalish i'r bŷs dwetha yn St Mary Street ac odd o'n llawn o fodins du odd wedi bod yn chwara bingo yn y *Prince of Wales*. Ar wahân i'r condyctor, fi odd yr unig foi gwyn arno fo. A dyma fi'n dechra teimlo'n rhyfadd fatha tyswn i mewn byd arall ia. *Am* noson!

'Hey der whitey! You gonna *Casablanca*?'

Rodd 'na ddwy fodan ddu anfarth yn 'y nilyn i o'r bŷs. Peth nesa dyma nhw'n gafal yndda fi, un bob braich, a'n halio fi mewn i'r clyb os o'n i isio ne' beidio ac yn ysgwyd drostyn i gyd wrth farw chwerthin am 'y mhen i.

Capal Cymraeg odd fan hyn ers talwm medda'r hogia, a'r peth cynta welish i ar y ffor' i mewn odd y DJ yn neidio i fyny ac i lawr yn y pwlpud. Dynion duon odd powb yno jest ac o'n i'n dechra teimlo'n reit wan wrth feddwl be fysa'n digwydd nesa pan glywish i lais cyfarwydd:

'Wel yr Arglwydd! Dyma odd dy waith pwysig di ia Gron bach?'

Dyna lle'r odd Dai Shop, Penniman a Marx Merthyr yn sefyll o 'mlaen i yn gwenu fel giatia.

'Lle gest ti afa'l ar y ddwy beth handi yma?'

'Whitey look lost, so we bring him in! Der now whitey you go talk double-dutch wit yore foreign friends.'

'Clwb ardderchog aye!' medda Marx Merthyr. 'Great big melting pot ife?'

'Wel noson uffernol dwi 'di ga'l hyd yn hyn,' me fi.

'O aye?' medda Penniman. 'Ry'n ni wedi ca'l laff iawn ta beth. Buon ni ar *crawl* drw'r dre cyn dod 'ma ti'n gwbod. A buon ni yn bar cefen y *Queens*. Wrth inni fynd mewn odd cannodd o'r hobldi-hois hyn yn dod mâs, bent as a seven pound note bob un o'nhw . . . '

'Ar 'u ffor' i barti mowr blynyddol y Cadi Marthas yn *Samanthas* Gron,' medda Dai Shop. 'Gwena'r diawl a diolcha i'r Duw Dad Hollalluog nad est ti i fan'na heno!'

Y Co ar y Carpad

Be odd y sioc fwya gaethoch chi rioed? Mi ddeuda i wrthach chi be odd yr un fwya gesh i. Newydd ddwad drosti ydw i.

Ddesh i adra o'r gwaith un nos Iau wedi ymlâdd ar ôl straffaglu efo'r carpedi Kosset 'na gyrhaeddodd yn y stôrs dwrnod cynt. Nesh i fîns ar dost reit sydyn ar y Baby Belling gachu 'na ma'n rhaid 'mi drio cwcio arni'n y rŵm 'na s'gin i, a setlo wedyn i watchiad y bocs nes bod hi'n amsar mynd am beint tua'r wyth 'ma. Fydda i wrth 'y modd efo *'Crossroads'* – teimlo bo fi'n nabod nhw i gyd ers pan o'n i'n ddim o beth ia? Felly efo ITV fydda i ran amla drw' gyda'r nos. Ddoth 'Y Dydd' ac ar ôl iddyn nhw orffan efo'r streics a'r bobol gafodd 'u brifo ar ben Wyddfa neithiwr a ballu, dyma 'na bejan o bapur newydd yn dwad ar y sgrîn. Arglwydd! *Y Dinesydd*. A Iesu Gwyn o'r Sowth! 'Dyddiadur' fi ia! Pwy odd 'na 'efyd ond yr hogan sy'n gneud y papur 'ma a ryw bregethwr o Gaerdydd. Odd 'na bobol 'di cwyno am be odd yr hogyn yn sgwennu ac wedi gwrthod mynd â'r papur o gwmpas os nad o'n i'n stopio, ac odd y ddau yma'n ffraeo ar 'y nghownt i. Hen beth cas ia?

Ddeudodd boi'r 'Dydd' bo nhw 'di ffônio fi'n y gwaith ond bo fi ddim yno. Hwyr yn dod o'r *Albert* amsar cinio reit blydi siŵr. Dwi 'di ca'l y rhybudd dwetha am hynna gin y mul Huxley 'na sy' wrth 'i fodd yn boshio pobol. Ond sôn am styrbio. O'n i'n crynu fatha blymonj ar ôl i'r program orffan ac yn teimlo'n giami uffernol bod yr holl bobol 'ma'n cega arna fi ac yn pigo arna fi fel hyn.

'Dyma fe bois! Y ffilm-stâr myn uffar i!' medda Penniman pan esh i'r *Ely*.

'Gron bach a Wil Napoleon!' medda Dai Shop. Roeddan nhw i gyd wedi gweld y program.

'Dere w. Otograff gloi! medda Stan Crossroads. Ond o'n i ddim yn y mŵd o gwbwl.

'Gadwch lonydd i fi'r basdads annifyr,' medda fi ac ista lawr yn isal 'yn ysbryd uwchben 'y mheint. 'Dwi 'di ca'l digon am un noson.'

Welodd yr hogia bo fi 'di ypsetio a gaeon nhw'u cega chwara teg.

'Paid â chymryd atat gymaint,' medda Dai Shop.

'Upset the chapels 'ave you?' medda Marx Merthyr. 'Opium of the masses mun init?'

'Nesh i rioed ofyn gaethwn i sgwennu i'r blydi papur naddo? Nhw nath ofyn i fi. A be dwi'n ga'l? 'Yn insyltio'n gyhoeddus am 'y nhraffath. Meddwl bo fi'n gneud ffafr efo nhw a cha'l cic yn 'y nhin am neud.'

Dodd 'na ddim byd alla neb neud i 'nghysuro fi ond mi ath heibio . . . am sbel beth bynnag.

Bora dydd Llun a finna'n teimlo'n giami – wyddoch chi fel byddwch chi ar ôl tair noson ar y lysh – mi alwodd Huxley arna fi i ddeud bod 'na ddwy ddynas isio 'ngweld i. Isio 'ngweld *i'n* sbeshal!

'Tshans am dip!' medda fi wrth 'yn hun a ffwr' â fi i'w gweld nhw – wedi altro drwyddaf mwya sydyn. Rodd un wedi'i gwisgo mewn côt ffyr fowr posh i lawr at 'i ffera a'r llall yn cario ambarél swanc i gadw glaw mân y bora odd' ar 'u gwalltia perm £20 nhw. Golwg rêl crach ar y rhein, bownd o ga'l tip.

'Y *chi* ydi Goronwy Jones?' medda'r Gôt Ffyr wrtha fi'n bigog.

'Ia fy madam. Fedra i neud 'y ngorau i chi?' medda fi yn fanesol i gyd.

'Y *chi* sy'n sgwennu'r pethau ffiaidd a gwarthus yna yn *Y Dinesydd*?' medda'r Ambarél a'i llgada hi'n dechra tanio'n 'i phen hi.

O'r nefoedd wen! Ddim eto. Do'n i ddim yn gwbod yn iawn be odd gora 'mi neud. 'Do 'laen Gron bach,' medda fi wrtha'n hun, 'iwsia dy frêns, tria figlo allan ohoni. Dydi'r rhein ddim yn edrach yn glên iawn.'

Ma' 'na bejan arall yn y papur sy'n deud petha sbeitlyd am bobol a dyna fi'n trio hynny a gweddïo . . .

' "Sbectol Siân" 'dach chi'n feddwl ia? Naci'n Tad, ddim fi 'di honno. Mi ddeuda i wrthach chi pwy 'di hi . . . '

'Eich sothach cableddus CHI yr ydan ni'n sôn amdano. Y

"Dyn Dwad" felltith 'na sy'n gwneud ensyniadau enllibus am ieuenctid da ein prifddinas, yn llymeitian ei ffordd drwy fore ei oes ac yn defnyddio geirfa nad yw'n un dim ond sen ar ein traddodiad Cristnogol Cymraeg . . . '

Ro'n i'n gweld sêr. Fan'na ro'n i yn 'y ngwaith 'yn hun am chwartar i ddeg ar fora Llun yn ca'l 'y nhrin fatha hogyn ysgol gin ddwy bladras o ddynas nad odd gin i ddim gobaith mul mewn Grand Nashnal o ddenig odd' wrthyn nhw. Nesh i ddim teimlo fel hyn ers pan fush i o flaen Jôs Sgŵl am fod yn hogyn drwg efo Meira Bach Caeathro ar gae rysgol ers talwm.

Roeddan nhw yno, meddan nhw, ar ran rhyw gapal neu'i gilydd, ac yn mynnu 'mod i'n stopio gyrru'r straeon 'ma i'w papur lleol NHW.

'Ydych chi wedi eistedd yn ôl am eiliad fachgen i ystyried yn ddwys effeithiau eich gweithredoedd?' medda'r Ambarél. Ac yn sydyn dyma hi'n dechra 'mhwnio fi efo'r ambarél coch. 'Y mhwnio fi yn 'y mol i ddechra a finna'n gneud yn ôl am y wal. Ac wrth sôn am bobol ifanc ddiniwad Caerdydd yn ca'l 'u llygru gin 'y nghlwydda fi dyma hi'n dechra colli arni a mynd yn gynddeiriog, a dechra 'mheltio fi left, right and centre efo'r ambarél. Hynny fedra'r Gôt Ffyr odd 'i dal hi'n ôl.

Erbyn hyn rodd lot o bobol yn y siop wedi stopio i stagio ar y twrw a'r sgrechian. Rodd gin i gwilydd ofnadwy, ac mi ddoth Huxley draw i ofyn be goblyn o'n i'n feddwl o'n i'n neud yn ypsetio'r cwsmeriaid mor gythreulig.

'Gobeithio bod 'ych cydwybod chi'n dawel, dyna i gyd,' medda'r Gôt Ffyr wrth ada'l efo'i braich rownd yr Ambarél odd yn sobian crio erbyn hyn. Eisteddish i ar Axminster i ga'l 'y ngwynt ata. Odd 'y nghydwybod i'n iawn ia, ond dodd 'y nghalon i ddim!

Y noson honno, gynta fedrwn i, mi esh i i fyny i dŷ'r hogan sy'n gneud y papur 'ma a deud wrthi:

'Sori del ond ma' petha fel hyn yn ormod i'n nyrfs i. Dwi ddim yn mynd i sgwennu strôc arall ar gyfar y diawlad anniolchgar. Gneud 'y ngora. Chwsu chwartia efo *Geiriadur Mawr* o 'mlaen a beiro ddu'n 'yn llaw er mwyn gneud pejan i'r

Howel
HOUSE OF FRASER
CARDI
↑ DILLAD UCHA
↓ DILLAD ISA

papur 'ma a be dwi'n ga'l? Parch ci! Sori 'de. Ond ma' 'na ben draw ar gachu'n dena fel bydd Stan yn ddeud.'

Nath y fodan ddim deud llawar, ac rodd 'na rwbath yn deud wrtha fi bod hi'n falch bo fi'n stopio sgwennu. Ma'n siŵr bod nhw 'di bod yn 'i phen hitha hefyd. 'Rhyngthi hi a'i phetha,' medda fi wrth 'yn hun ac off â fi i'r *Ely*.

'Aaaa! Dyma fo!' sgrechiodd Dai Shop pan esh i i mewn i'r *Ely* nos Fawrth. 'Ty'd i weld be s'gynnon ni'n fan hyn Gron bach.'

Be odd gynnyn nhw ond y papur Cymraeg 'na – *Y Cymro*. Nesh i gochi at 'y nghlustia achos be odd 'na ar bejan flaen y papur mewn print bras ond:

IAITH COFI YN RHY GRYF I'R BRIFDDINAS

a'r stori o dano fo'n deud fel rodd yr hogyn 'di ypsetio crach Cymraeg Caerdydd efo'i sgwennu C.S.E. Gymrodd hi bump peint o *Whitbread Meild* i fi ddod at 'yn hun. Rodd yr hogia'n deud na'r Snwyrwr odd y bai fod y stori'n y papur. Ma' fo'n gweithio i'r Cymro ac yn dwad i'r *Ely* weithia i snwyro am straeon. Dwi wedi'i weld o'n hongian wrth y bar fatha sbei.

'Ma'r bobol hyn yn meddwl taw *War Cry* Cymraeg yw'r *Dinesydd*,' medda Dai Corduroy sy'n dreifio lorri o gwmpas y wlad i 'Jonwindows' ac yn galw'n yr *Ely* ar 'i ffor' weithia.

'Ostriches!' medda Penniman a bangio'i wydyr yn glep ar y bwrdd nes odd 'i lager o'n sboncian. 'Smo nhw'n moyn clywed shwd ma'r rhan fwyaf o bobol yn byw. Moyn cwato'n 'u byd bach neis 'u hunen.'

'Ie. Y trwbwl ydi 'i fod e'n ca'l 'i ddosbarthu yn yr ysgolion,' medda Frogit sy'n stiwdant ac yn meddwl gormod.

'Paid â malu cachu!' medda Dai Shop sy'n dichyr. 'Ro'n i'n gwbod sut i regi'i hochor hi cyn mynd i rysgol o gwbwl. Ac ma'r plant s'gin i yn gwbod am *News of the World* a pej thri y *Sun* cyn bod nhw'n gwbod 'u *tables*.'

'Ia. Ond cofia na angylion bach crach Caerdydd 'di'r rhein,' medda Nowi Bala. 'Ma' plant Cymraeg yn fwy diniwed na rhei Susneg. Ma' iard Bryntaf a Rhydfelen fel Gardd Eden cyn y cwymp wa . . . '

'Ylwch hogia,' me fi. 'Does gin i ddim syniad be uffar 'dach chi'n fwydro ond does dim isio 'chi boeni amdana fi. Dwi'n rhoid gora iddi eniwe.'

'Os ti'n stopo nawr ti'n rhoi lan w,' medda Stan Crossroads. 'Smo ti'n moyn 'ddyn nhw ddodi crasfa iti! Gwir yn erbyn y byd on'd ife? Ti'n siomi fi w. O'n i'n meddwl bod mwy o gyts 'da ti na 'na.'

'Yli,' medda Dai Shop i roid pen arni hi. 'Ti'n gneud dim byd gwaeth Gron Bach na deud y gwir. Os ydyn nhw ofn hynny yn 'u parlwr ac yn 'u festri dyna fo. 'Sdim rhaid iddyn nhw 'i ddarllan o.'

Rodd gwbod bod yr hogia efo fi i'r carn yn gneud i fi deimlo'n well o'r hannar.

'Up the I.R.A.!' medda Connolly odd yn darllan *An Poblacht*.

'Ti'n moyn peint o *Guinness* nawr Gron Bach?' medda Jero Jones y Dysgwr.

Rodd popeth fel cynt a finna'n teimlo'n saff unwaith eto ar ôl y storm, a rŵan ro'n i'n teimlo'n ddigon calonnog i ddeud hanas bora Llun wrth yr hogia. Rodd y lle'n rycshiwns a phowb yn bystio chwerthin dros y lle pan glywson nhw am yr Ambarél.

Wsnos dwetha, ro'n i'n cerddad lawr yr Hayes, wedi bod yn y *Greyhound* amsar cinio, a phwy welish i'n 'i lordio hi wrth siop *Joe Coral* ond y Gôt Ffyr a'r Ambarél 'u hunan. Fyswn i'n taeru bod nhw'n siarad Susnag efo'i gilydd ond dodd hynny ddim yn bosib achos bod y ddwy yn siarad Cymraeg efo fi yn *Howells*. Rodd yr ambarél yn ca'l 'i iwshio tro 'ma i leinio ryw alci chwil odd yn begian am bres. Ac yn y fan a'r lle dyma geiria Dai Shop yn dwad yn ôl i fi: 'Be sy'n rong mewn deud y gwir?' A dyma fi'n teimlo'n benderfynol 'mod i'n mynd i sgwennu un pishyn arall o leia. Dodd y ddwy beunas yna ddim am ga'l 'y nghuro fi.

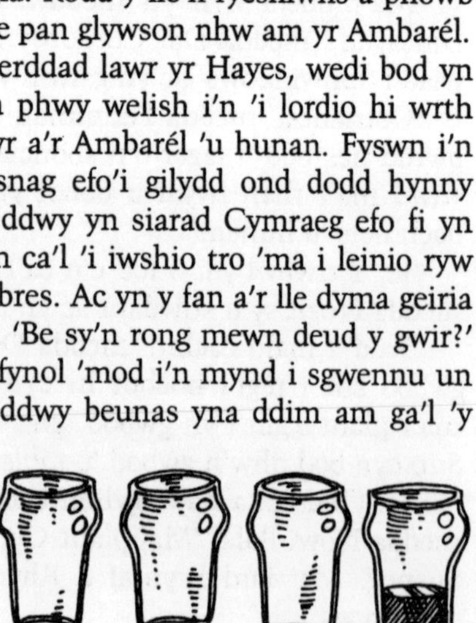

iddo yntau.

Hoffem bwysleisio unwaith eto fod y *Dinesydd* yn bapur i BAWB o bobl Caerdydd; ceisiwn adlewyrchu pob agwedd ar fywyd cyfoethog ac amrywiol Cymry'r brifddinas, a chynnwys rhywbeth at ddant pawb. Ni all ac ni fynn *Y Dinesydd* berthyn i un garfan arbennig yn y gymdeithas honno, waeth gymaint yr hoffai rhai pobl iddo wneud. Swyddogaeth y papur hwn yw cynnig llwyfan i syniadau a chwynion, daliadau a rhagfarnau, diddordebau ac obsesiynau *pob un* o drigolion Caerdydd sy'n fodlon cymryd y drafferth o ysgrifennu atom. *Goddefgarwch* yw'r gair allweddol mewn polisi o'r fath; na fydded i ni anghofio hynny.

Wedi'r Oedfa

Yn hwyr un pnawn Sul ro'n i'n cerddad lawr Albany Road i chwilio am siop jips odd ar agor imi ga'l tamad o de. Ma' hi'n stryd lydan ac yn uffernol o brysur weddill yr wsnos, ond ar ddydd Sul ma' hi fatha bedd efo papura tships a phob math o 'nialwch yn chwythu o gwmpas yn y gwynt, fatha mewn *ghost town* ia? Well i chi watchiad 'ych cama 'efyd ne' mewn pwll o chŵd ma' ryw sglyfath chwil wedi'i honcio ar pafin nos Sadwrn y landith 'ych traed chi . . .

'Hei snob! Ti ddim yn nabod ni heddiw 'ma?' medda rhywun o gyfeiriad *Tescos* yr ochor arall i'r lôn pan o'n i'n stydio'r meniw yn ffenast y *Golden Bengal*.

Frogit a Nowi Bala odd yno wedi'u gwisgo mewn siwtia Sul.

'Arglwydd bach hogia, lle 'dach chi'n mynd? 'Dach chi'n edrach fatha'r dymis sy'n ffenestri *Howells* 'cw!'

'I'r capel 'de. Ti'n dod?'

Sefish i'n ôl a stagio arnyn nhw'n iawn am sbel i weld os na tynnu 'nghoes i oeddan nhw.

'Ty'd yn d'laen Gron bach. Dydi'r pybs ddim yn agor tan saith ar nos Sul.'

'Yli golwg arna fi,' medda fi'n hel esgusion. ''Sgin i ddim tei na dim byd . . . ' Deud gwir o'n i ofn drw' nhin mynd ar gyfyl ffasiwn lefydd o gwbwl ers i'r ddwy bladras 'na fynd i'r afa'l â fi'n *Howells*. Jest rhag ofn ia.

'Alwan ni am dei yn dy dwll o fflat di ar y ffor' i'r Crwys,' medda Frogit. 'Neith o les iti.'

Ma' na ddau Crwys – un yn perthyn i'r Methodist a'r llall i *Brains* – ac er bo fi 'di bod yn un 'geinia o weithia, feddylish i rioed y bysa neb yn 'yn hudo fi i dwllu drws llall. Ond fan'no ro'n i mewn dau gachiad, ar riniog drws capal efo'r hogia.

Esh i'n dôl i'r tŷ am kwik chênj cyn mynd.

'Fyddi di'n iawn yn dy jîns,' medda Frogit ofn bod yn hwyr.

'Os dwi'n dwad, dwi'n dwad mewn steil 'fath yn union â chitha,' medda fi wrth roid 'y mhin yn 'y nhei a newid 'y nhrons *Peacocks* 50p.

Rodd 'na ddyn clên uffernol wrth y drws yn cynnig llyfra hymns i bawb odd heb rei fatha'r hogia.

'Croeso fechgyn,' medda fo a finna'n meddwl na fysa fo'n gwllwng 'yn llaw i cyn iddi hi gracio. Aethon ni i'r galeri lle bydd y stiwdants i gyd yn mynd. Ac mi oeddan ni'n hwyr yn diwadd hefyd. Odd y lle'n ddistaw fatha bedd.

'Shd . . . ' medda Frogit. 'Ma'n nhw'n gweddïo . . . '

Ond dyma'r ffŵl tindrwm 'na Nowi Bala yn baglu dros goes bocs casgliad nes bod powb yn y lle yn troi a sbio reit drwyddan ni. Godish i'n llaw ar Martha Morris, sy'n dwad o dre, odd yn ista uwchben y cloc. Trio bod yn glên ia, ond dodd hi ddim yn licio yntôl yn ôl y gwynab snob nath hi.

''Sgwn i pryd fush i mewn lle fel hyn o'r blaen,' medda fi wrth 'yn hun yn ganol y bregath nad o'n i'n dallt dim arni jest. Fydda'r hen fodan yn gneud i Joni Wili 'mrawd, Brenda'n chwaer a finna fynd bob Sul pan oeddan ni'n fach er mwyn iddi hi a'r hen go ga'l pum munud, ond unwaith o'n i'n ddigon hen i ddeud wrthi lle i fynd esh i byth wedyn. A rŵan dyma fi'n cofio pam. Pan 'dach chi'n sbio ar 'ych watsh ma' hi'n cymryd oes mul i'r bys coch symud rownd unwaith heb sôn am y bysadd llai. Odd y papur Wrigley Spearmint yn gneud sŵn fatha tasa 'na feicroffon o'i flaen o wrth i fi'i ddaffod o a dyma 'na griw o genod plaen ar diawl yn troi rownd ac yn sbio fatha'r fagddu arna fi am feiddio.

'Criw Duw . . . ' medda Frogit yn 'y nghlust i.

'Ydi powb sy'n dwad yma ddim yn griw Duw 'ta?' medda fi. Sbïodd Frogit arna fi fatha taswn i'n idiot.

Odd gin i gythral o annwyd trwm ac ar ôl sbel o sniffian annifyr dyma fi'n chwthu 'nhrwyn am bo raid imi a gneud sŵn fatha hwtar stemar yn y fargan. Trwbwl efo ca'l mwstásh ydi bod y sych yn glynu ynddo fo bob gafal. Chwthu saith gwaeth wedyn i drio ca'l gwarad arno fo, a dyma ryw foi tew powld yn rhoi hergwd i mi yn 'y nghefn. Sbïsh i'n ddu arno fo ac odd o'n lwcus na mewn capal oeddan ni . . .

Frogit odd y nesa i roid pwniad i fi pan ddechreuish i chwrnu nes 'mlaen.

'Deffra'r ffŵl – codi cwilydd arnon ni!'

'Sori Frogit. Ma' hi'n uffernol o boeth 'ma yndi? Y Beechams Powders 'na gymrish i gynna'n gneud i fi bendwmpian yli.'

O'r diwadd, ddoth yr 'Amen' ac ar ôl 'yn-bresennol-mi-'nawn-y-casgliad' a finna heb sentan arna fi, gafodd yr hogia'u gollwng yn rhydd. Ddeudodd y blaenor wrth ryw chwiorydd am aros ar ôl. Gobeithio bod nhw'n gwbod pwy odd o'n feddwl achos nath o ddim enwi neb. Ar waelod y grisia odd 'na fodan mewn *three-piece* pinc a horwth o het fowr wrthi'n siarad efo'r stiwdants fesul un. Sleifiodd Frogit a Nowi allan ond pwy fysa chi'n feddwl gath 'i ddal? Mygins ia.

'Ddaru chi fwynhau 'ngwas i?'

'Esgo, do,' medda fi'n palu clwydda.

'Ym mha flwyddyn 'dach chi'n y coleg?'

Dwi 'di 'laru deud wrthyn nhw, ond cyn i fi ga'l chans i ddeud gair ath hi yn 'i blaen . . .

'Wel 'dach chi'n edrych ar 'ych cythlwng beth bynnag. Mi gewch ddwad acw i swpar heno.'

Agorish i 'mhrep i ddeud na fedrwn i, ond odd hi'n cyrradd o 'mlaen i bob tro . . .

'Ma' Seimon a fi wrth 'yn bodd yn ca'l pobl ifanc i swpar ar nosweithia Sul wedi'r oedfa. Dowch yn 'ych blaen. Peidiwch â bod yn gysetlyd. Ddigon oer heno tydi? Oes gynnoch chi lety go lew deudwch? Ma' hi mor anodd ca'l llefydd yma tydi a'r prisia mor ddrud. Tydi bob dim wedi mynd mor ddrud wir . . . '

Frogit? Nowi? Lle 'dach chi? Yn y *George* erbyn hyn yn enjoio peint o *Guinness* reit blydi siŵr a finna yn y Daimler 'ma fan hyn yn ca'l 'y nghartio i Radyr i gyfeiliant hon yn siarad fatha rygar-rug. Cyn i fi sylweddoli be odd yn digwydd jest ro'n i'n sbio ar '*Stars on Sunday*'.

'Gnewch 'ych hun yn gyfforddus . . . ' medda'r fodan. Rodd y lle fatha palas. 'O! Be 'di'ch enw chi 'dwch?'

Be di'n enw fi? 'Swn i'n deud y gwir, beryg byswn i mewn cythral o lobsgóws. Callia Gron bach. Meddylia . . . dos 'laen . . .

'Cyril,' me fi. 'Cyril Roberts.' (Enw taid Nefyn)

'O. Enw bach neis 'te?' medda hi a mynd drwadd i'r gegin.

Ddoth y dyn drwadd yn 'i slipars a dwad i ista'n anghyfforddus o agos ata' i.

'Nawr 'te. Cyril on'd ife? Ma'r wraig wrthi'n paratoi tamed o lunieth inni. Gadewch inni ddod i nabod ein gili . . . Shwd y'ch chi'n setlo'n y ddinas 'ma?'

Dyna'r tro cynta iddo fo dorri gair achos bod yr hen brep 'na 'i wraig o yn janglo'n ddi-daw yn y car.

'Dwi 'di dwad reit ddel,' me fi, 'er bod gin i dipyn o hirath am yr hogia o hyd ia.'

'Ie ie fachgen. Chi siŵr o fod yn dod o aelwyd glòs grefyddol sha'r North 'na. Fe ddaw, fachgen, fe ddaw. Osgoi'r temtasiyne sy'n bwysig. Wy' 'di gweled llawer o'r gweinion yn troi at y ddiod gadarn ch'weld. Drueni mawr. Drueni mawr. Ond 'na fe. Hen Gorff y'ch chi ife?'

Hen Gorff? Hen Gorff? Be ddiawl 'di hwnnw? Rodd o'n siarad yn union fatha Stan Crossroads ac ro'n i'n ca'l traffath 'i ddallt o o gwbwl heb sôn am ryw gwestiyna fel hyn.

'Ia . . . dwi'n meddwl?' me fi.

Sbïodd o'n wirion.

'Chi'n *meddwl*? Setlwn ni fe nawr. Pwy yw'r bugail s'da chi lan 'na?'

O! mam bach. Be ma' fo'n batro rŵan da? Bugail? Wa'th i fi gyfadda ddim bo fi'n 'i weld o'n foi rhyfadd ar diawl.

'Fyny ar ochra'r Wyddfa 'na ma'r rheini 'chi,' me fi a sbio'n od arno fo. 'Dwi ddim yn nabod dim un bugail yn Gaernarfon 'cw deud gwir wrthach chi.'

'O Gaernarfon chi'n dod ife?' medda fo a sbio'n od arna finna. Ac mi ath hi'n ffwl-stop am funud.

Rodd 'na ryw hen foi gwirion yn hefran ar *'Stars on Sunday'*.

'Oes 'na ddim byd gwell na hwn 'dwch?' me fi.

'Ie ie. Fachgen ie! Anghofies i. *"Songs of Praise"* on'd ife? Fydd well 'da finne hwnnw hefyd w.'

Ddim cweit be o'n i'n feddwl ia ond rwbath i osgoi 'i

gwestiyna gwirion o.

Dyma 'nhrwyn i'n dechra rhedag eto a dyma fi'n ystyn 'yn hancas o 'mhocad, ond be ddoth allan yn 'i sgîl hi a rowlio dan ddwy droed y co' ond mat cwrw: *'It's Brains you want'*. Dyna ddiwadd arni, me fi wrth 'i weld o'n syllu'n hir ar y mat; mae o bownd o fod wedi gweld drwydda i bellach . . .

'Seimon! Cyril! Bwyd yn barod!'

A dyma fi'n denig nerth 'y mhegla i'r rŵm fyta cyn iddo fo ga'l chans i ddeud dim.

O'n i jest â llwgu erbyn hyn. Ro'n i 'di cychwyn i chwilio am de ers dros ddwyawr ac odd y cyw iâr a'r fej yn edrach yn grêt. Rodd y bwrdd wedi'i osod i bump.

'Ogla da ar 'ych grefi chi Musus,' me fi er mwyn bod yn llyfra rhywun pan ddoth y dyn i mewn ac ista wrth y bwrdd yn sbio fatha bwch arna fi.

'Carpad neis iawn gynnoch chi fan hyn 'efyd. 100% nylon shag-pile fyswn i'n deud . . . '

Ar y gair, dyma'r gloch yn canu.

'A! Dyna Siân y ferch. Jest neis. Cer i'w ateb o Seimon cariad.'

Chwrnodd Seimon drw'i ddannadd a chodi'n flin i gyd.

'Athrawes ydi Siân. Mae hi'n byw efo'i ffrindia mewn fflat yn Llandaf. Isio bod yn annibynnol yntê? Wyddoch chi fel mae'r *career girls* 'ma heddiw. Ond fydd hi'n dod adra am swpar ar nosweithia Sul . . . Siâ-ân! Tyrd i gyfarfod ein *guest* ni fan hyn . . . '

Pan ddoth y fodan drw'r drws fuo jest i fi dagu ar 'y mhanad. Pwy odd hi ond Siân yr hogan nyrfys honno nesh i 'i thrio yn y *Papajios* ers talwm. Gafodd hi gymaint o sioc â fi dwi'n meddwl. A pwy odd efo hi ond y Luned, hogan Urdd 'no . . .

'O! Helo Goronwy, chi sy' 'ma,' medda Siân.

'Goronwy?' medda'r dyn.

'Goronwy Jones w, smo ni 'di gweld chi ers tro byd. Shwd y'ch chi?' medda Luned wedyn.

'Yn well cyn i chdi ddwad i roid dy draed yn'i hi del bach . . . ' medda fi wrtha'n hun.

'Cyril wedsoch chi on'd ife . . . ? Cyril Roberts . . . ' medda'r boi a golwg wedi drysu'n lân arno fo, ond yn sydyn dyma'i wedd o'n newid a'i llgada fo'n popio fatha soseri'n 'i ben o.

'Goronwy Jones . . . Caernarfon . . . carpedi 100% nylon shag-pile . . . cwrw'r Diafol . . . Wy'n gwybod pwy y'ch CHI y gwalch bach . . . '

'Seimon! Seimon! Paid ag ecseitio bach. Cofia am dy gyflwr. Stedda i lawr wir bendith iti.'

Ond rodd hi'n rhy hwyr. Rodd Seimon wedi ecseitio'n lân yn barod ac wedi troi'n biws.

'Yn ishte ger fy mord! Yn bwyta f'ymborth yn fy nghartre i fy hun wedi'r oedfa ar ddydd yr Arglwydd . . . Y DYN DWAD!'

Benderfynodd y 'Dyn Dwad' bod hi'n well iddo fo'i throi hi'n syth bin wrth weld Seimon yn ista i lawr â'i ben yn 'i ddwylo.

''Sgin i 'mond diolch yn fowr ichi ia – am bob dim – ond ma'n rhaid 'mi fynd rŵan.'

Ddoth Sian ar 'yn ôl i at y drws.

'Ma'n ddrwg 'da fi beiti hyn Gronw. Ond ma' Dadi mor gul ch'weld. Chi wedi ypsetio 'i fyd bach e shwd gymaint 'da'ch straeon yn *Y Dinesydd*.'

'Peth dwetha dwi isio neud 'di ypsetio neb,' me fi. 'Wela i di eto del.'

'Gobeithio 'ny,' medda hi.

A fan'na rodd hi'n dal i godi'i llaw yn drws a finna wedi mynd hannar canllath lawr lôn. Dwi'n siŵr Dduw bod gin i jans yn fan'na. Fawr o ffansi'r boi 'na'n dad-y-nghyfarth chwaith ia!'

Sbio ar 'yn watsh. Dim ond naw! Grêt. Nôl i'r *George* reit sydyn am chydig o *Guinness* a ham rôls efo Nowi, Frogit a Jero Jones y Dysgwr. Chwilio am bishyn sgrîn i dalu'r bŷs ond dyma fi'n cofio'n sydyn. Newidish i 'nillad a does gin i 'run ddima goch arna fi nag oes? Dwyawr o gerddad yn ôl i Roath. Nos Sul grêt. Ac yng ngola lampa orinj y stryd dwi'n gweld bod hi'n dechra pigo bwrw . . . Ta ta Radyr: Helo niwmonia.

Wyt Ti Isio Bet . . . ?

'Be 'di rheina hogia?' medda fi wrth Connolly a Dai Shop yn yr *Ely* un nos Wenar niwlog yn Nhachwedd.

'Tips ceffyla was,' medda Dai Shop.

'Wedi hala bant am nhw,' medda Connolly. 'Enilles i tri deg punt wythnos diwethaf mun. Ie!'

'Should follow Cayton's tips in the *Morning Star* bachan,' medda Marx Merthyr.

'Ma'r tipstar bolshi uffar yna yn rhoid rei rong bob dydd tchof!' medda Dai.

'Aye. Mislead the capitalists init. Ravi Tikoo, Robert Sangster, Queen Mother . . . Crachach sport top to bottom racing init?'

'Mygs gêm ia hogia,' me fi. 'Fush i'n mynd â bets yr hen go' lawr at Bob Jones yn *Hole in the Wall* yn dre am flynyddoedd a chath o rioed 'im byd 'blaw Red Rum yn Gran Nashnal ia. Ond be 'di enwa'r rhein hogia . . . ?'

'Tisio talu i weld?' medda Dai Shop. 'Ma'r rhein yn costio 'sti.'

Ddigon hawdd deud bod 'i blant o wedi mynd ar 'i frêns o'n rysgol heddiw. Ma' fo'n flin fatha cacwn pan ma'r rheini 'di bod yn cadw reiat.

'Cadwa nhw 'ta'r cachwr mîn!' medda fi. 'Tasa gin *i* dip fysach chi'n ga'l o â chroeso . . . '

'Dere 'mlân 'ta'r baban cyn i fi fynd off ar shifft nos,' medda Connolly yn dangos 'i bapur yn slei bach rhag i neb arall weld.

'Duw, does gin y mulod yna ddim chans!' medda fi.

'W't ti isio bet?' medda Dai Shop.

Ddeudish i ddim byd, dim ond rejistro enw'r ceffyla yn 'yn meddwl yn ddistaw bach.

'Be fysat ti'n neud Gron bach tysat ti'n ennill y pŵls!' medda Dai Shop.

'Rhoid gora i'r blydi job 'na s'gin i i ddechra,' me fi. 'Heddiw fuo raid i fi glirio carpedi odd wedi tampio'n y storws allan i'r bins yn cefn. Ti wedi clywad ogla sy' ar garpad tamp con'?

Fatha rhechan 'lyb ia. "Come-on Jones! Get-a move on!" medda'r sglyfath Huxley 'na odd yn gneud dim byd 'i hun dim ond trio 'ngha'l i i symud y sploitsh. "Iesu! Can't you hear the smell man?" me fi. "You don't 'hear' smells, Jones," medda'r blydi Sais uffar yn trio bod yn glyfar. "You must be blind if you can't hear this," me fi.'

Dagodd Dai Shop ar 'i gwrw wrth 'y nghlywad i.

'Ti'm yn gall Gron bach, nag w't wir Dduw. Ond does 'na neb jest sy'n licio'i job 'sti. Ddim go iawn. Sut fysat ti'n lecio deg ar hugain o 'ffernols bach saith oed yn sgrechian yn dy glust di am wyth awr bob dydd? Y?'

'Ne' ddreifo bỳs drw' rush-hour strydoedd diawledig Caerdydd 'ma,' medda Stan Crossroads, 'a dodi ticed a newid i'r jwns hyn i gyd bob tro ti'n stopo. Hala ti'n grac w. Dyw'r job s'da ti ddim yn ffôl o gwbwl Gron.'

'A w't ti'n meddwl bod Connolly'n licio dechra gweithio rŵan o naw o'r gloch nos tan chwech bora fory yn East Moors? Ne' Dai Corduroy sy' mewn blydi fan rwla rhwng John-o'-Groats a Land's End, Duw a ŵyr lle, rŵan hyn? Ti'n meddwl bod o'n canu "haleliwia"? A w't ti'n meddwl bod Penniman yn enjoio cario brics bob tywydd ar y seit 'na?'

'Tyf lan, Gron w. Smo ti'n gwbod dy eni.'

A dyma fi'n dechra teimlo'n giami 'mod i'n cwyno gymaint, a'r hogia yma, 'yn mêts i, wedi bod yn gweithio'n galad ers blynyddoedd heb gega dim a finna'n gneud ffỳs ar ôl chydig o fisoedd.

'Eniwe. Dod £1 dybl ar y nags 'na fory ac mi gei di gelc go lew yn dy bocad boi,' medda Dai ac ista'n ôl yn 'i sêt i ddîlio'r cardia efo'r stwmp sigarét yn hongian fel arfar yng nghongol 'i geg o.

'Oes 'na rywun 'di gweld Penniman? Mae o wedi diflannu ers pan ath o i fflat Gresilda nos Sul . . . '

Bora Sadwrn esh i i mewn i *Shermans* Albany Road i roid £1 ar y ceffyla jest rhag ofn. Dyma fi'n agor y *Sun* i weld oeddan nhw yna. Coed Cochion . . . dyna fo un. Iesu! 5-1 yn papur 'ma. A Forest rwbath . . . A! Future Forest, dyna fo. Ffefret 'di hwnnw ond ma'n well na chic yn 'ych tin yndi? Off â fi wedyn i lle'r stiwdants i chwara snwcer efo Marx Merthyr. Dim rhaid inni dalu achos bod o'n gwbod sut i ffidlo'r mitar gola.

'Love potting these reds aye bachan,' medda Marx cyn methu siot ar blât. 'Dim hoffi'r bleedin blue ball 'ma though.'

Bob tro ar ôl gêm, fydd Marx yn trio ngha'l i i joinio'r Comiwnists ond dwi'n dallt dim ar betha fel'a.

'Be tisio joinio'r rheina Marx?' me fi, 'os ydi James Bond yn erbyn nhw?'

Ar 'yn ffordd lawr i'r *Athletic Club* ac i gêm Caerdydd v Pontapool rodd Marx yn gneud 'i ora i egluro i fi na 'properganda' ydi James Bond a ro'n inna'n smalio gwrando. Yn y clyb 'ma fo'n sôn am y Pontapool-front-row a fedra i ddim deud bo fi byth yn dallt fowr ar rygbi chwaith ond dyma'r unig ffor' dwi'n wbod i ga'l lysh heb draffath ar bnawn Sadwrn.

'£50?' me fi'n ecseited i gyd.

'Hannar can blydi punt boi bach. Yahw!' medda Dai Shop pan welson ni fo yn yr *Ely* am chwech nos Sadwrn.

'Faint roist ti arnyn nhw?'

'£2 dybl,' medda Dai.

'Iesu! Mi ga' i £25 'yn hun 'ta!' me fi.

'Ddeudish i wrthat ti do was. Ty'd, be ti'n yfad? Marx. Stan. Frogit. Dowch. 'Dan ni'n selibretio heno 'ma!'

Sôn am lysh. Rodd o'n llifo megis afon ia, tan ddeg. A wedyn dyma Dai Shop yn galw ar Stan a fi i'r gongol yn ddistaw bach.

'Gwrandwch hogia. Dwi 'di ca'l gafal ar rwbath sbeshial iawn heddiw 'ma ac achos 'mod i 'di sylwi wrth chwara brag bod y ddau ohonach chi rêl gamblars a'r ddau ohonach chi wedi ca'l helfa reit ddel heddiw 'ma, dwi isio 'chi ddwad efo fi i fan hyn . . .'

Dyma fo'n dangos cardyn – *Kings Casino Club* – French roulette a black-jack a ballu.

'Dim ond dau glyb gamblo sy'n dre 'ma bellach ac ma' hi'n anodd ca'l i mewn meddan nhw. Mi ga' i fynd â dau fêt efo hwn.'

'Fi'n gêm!' medda Stan yn syth.

O'n i ddim yn siŵr be i ddeud ond achos bod Dai'n meddwl 'mod i'n 'rêl gamblar' do'n i ddim yn licio gwrthod rwsut.

''Sgin ti syb ga' i?' medda fi wrth Frogit. 'Nesh i fom ar y nags pnawn 'ma 'sti. Dala i di'n dôl dydd Llun.'

Pan gyrhaeddon ni St Mary Street dyma Dai'n tynnu tri tei o'i bocad cyn canu cloch y clyb.

'Gwisgwch rhein, rhag inni edrach yn flêr.'

'Good evening sir. Are you members?'

Ddangosodd Dai y cardyn ac i mewn â ni. Chewch chi ddim mynd â lysh i mewn i'r llefydd gamblo ac rodd Dai yn deud na Labour 'di bai. Felly gafon ni beint yn y bar drws nesa cyn ymosod ar y roulette.

'Iesu! Dipyn crandiach na bingo yn *Empire* ia?' me fi.

'Steddwch o gwmpas y bwrdd lle gewch chi le,' medda Dai, am bod 'na ddim lle inni ista efo'n gilydd. 'Rhowch ffeifar i'r fodan ac mi gewch chi'ch chips gynni hi.'

'Chips?' me fi. 'Chips drud ar diawl.'

'Chips! Cowntars i chwara efo nhw,' medda Dai a chodi'i llgada ar Stan.

Steddish i rhwng dau foi smart mewn siwtia pengwyn a boteis. Chink odd un ac odd o'n llechio chips £1 ar y bwrdd fatha tysa nhw'n reis. Ma' raid bod 'i *chop-suey* fo'n gwerthu'n dda ar diawl. Ella bod Fferat yn iawn. Ella bod nhw'n iwshio Alsatians . . . cig am ddim ia. Welodd o fi'n sbio arno fo a sbïsh i i ffwr' rhag ofn bod o'n medru darllan meddylia fatha Kung-Fu ia?

'Place your bets gentlemen please,' medda'r grwpier wrth yr olwyn.

Sbïsh i be odd powb arall yn neud a roish i un chip 25p ar y sgwâr 'ma. Dallt dim be o'n i'n neud.

'No more bets please!' medda'r fodan odd efo'r grwpier a dyma fo'n troi'r olwyn.

Tri tro cynta roish i jip ar bwrdd dyma'r fodan yn llechio peth uffar o jips er'ill ata fi nes odd gin i dwmpath iawn wrth 'yn ochor. Ac ro'n i'n dal i ennill bob hyn-a-hyn am sbel go lew. Odd Dai a Stan yn sbio'n wirion arna fi ac yn methu coelio'u llgada. Rodd y Chink cyfoethog 'ma yn dechra rhoid 'i jips £1 wrth ochor 'yn chips 25p fi.

Ac wedyn dyma fi'n gneud peth gwirion. Dechra llancio a rhoid pedwar a phump chip i lawr ar unwaith nes odd y blydi petha fush i'n 'u hel yn ara deg ers awr wedi sbydu o'na mewn dau funud. Newid mwy gin y fodan a cholli hwnnw wedyn.

Ond o'n i wedi ca'l blas ac yn gwbod y bysa'r lwc dda gesh i ar y dechra yn bownd Dduw o ddwad yn dôl, a draw â fi at yr hogia.

'Yli Stan,' me fi, ''sgin ti fenthyg mags ga' i? Dwi heb ga'l 'yn winnings yn dôl o'r bwcis eto.'

'Elli gael £1 'da fi.'

OUT
£10
£10
£10
£10

'A 'run peth gin i,' medda Dai. 'Dwi 'di colli'r blydi pres ceffyla jest i gyd.'

'Ddeuda i wrthach chi be,' medda Dai, 'be am bŵlio'r cwbwl sy' gynnon ni ar ôl i weld sut 'nawn ni?'

'Iawn,' medda'r hogia a chyfri bod gynnon ni £10 a 53½p rhyngddon ni. Fysa raid inni chwara'n ofalus o hyn ymlaen.

'Newidia £10,' medda Dai, 'dwi'n mynd am bisiad.'

'Ddo i 'da ti,' medda Stan. 'Bron â bysto.'

Rodd gin i werth decpunt o jips yr hogia'n 'yn llaw pan ddoth 'na lais o'r tu ôl i fi:

'Excuse me lovely!'

A dyma 'na ryw uffar o fodan fowr handi efo slit yn 'i ffrog a hannar 'i bronna hi'n hongian allan yn brwsho heibio fi. Dyma fi'n cynhyrfu'n lân a chodi i ada'l iddi basio, a rhoid chips yr hogia ar y bwrdd am funud.

'No more bets please,' medda'r fodan arall. A phan droish i rownd dyna lle'r odd y chips ar No. 13 – anlwcus i rei – a chyn i fi ga'l chans i dynnu nhw'n dôl rodd yr olwyn yn troi . . . Dyma fi'n dechra gweddïo . . . Ond fel arfar ddaru neb wrando a phan agorish i'n llgada dyna lle'r o'n i'n sbio efo llgada mowr hurt ar £10 dwetha'r hogia yn ca'l 'u halio o'r bwrdd gin blydi cribyn mowr brwnt y grwpier.

'Reit 'ta,' medda Dai pan ddoth o'n dôl. 'Last fling!'

'Hogia,' me fi, 'peidiwch â gwylltio ia, ond ma' gin i ofn 'mod i 'di bolsio . . . '

Wna i ddim deud fan hyn be ddeudodd yr hogia ne' mi fysa nhw'n hel bob *Dinesydd* yn Gaerdydd a'u llosgi nhw ar tân Guy Fawkes ia. Ond ar ôl iddyn nhw ddwad at 'u hunan yn o lew mi ddeudodd Dai Shop,

'A wel, ma' 'na un cysur cyn bod ni'n mynd,' a dyma fo'n clecian 'i fysadd ar y waitres.

Mi gewch chi goffi a brechdana am ddim unrhyw amsar yn y *Kings* ac mi ordrodd Dai nhw i'r hogia. Rodd hynny'n rwbath.

'Golles i £30 heno w,' medda Stan. 'Wy' wedi ca'l snacs tamed bach tshepach na hyn yn 'yn amser.'

'Ta waeth,' medda Dai Shop, 'chollodd neb fwy na 'nillodd o ar y nags pnawn 'ma.'

'Ia, ma' hynny ynddi hi,' me finna.

Rodd goleuada fluoride coch, gwyn a gwyrdd y *Kings Casino* yn dal i wincio'n y niwl wrth i'r hogia 'i 'nelu hi am adra fatha tysa fo'n deud 'Diolch am y £100 'ogia'.

Pnawn Llun ydi'n half-day fi yn y gwaith a roish i ras i'r *Sherman* i nôl 'y mhres, rhoid y slip i'r bwci ac aros.

'Nothing on this Taff,' gesh i.

'Wel aye, £25,' me fi.

'Coed Coshion won, but Future Forest went down.'

Dodd hyn ddim yn gall. Sut odd yr hogia wedi ennill 'ta? Gymish i'n slip yn dôl a deud byswn i'n holi. Poeni dim. Gwbod 'mod i'n iawn.

'Glywist ti honna?' medda Dai Shop pan esh i i'r *Ely*. 'Denzil Penniman 'di ca'l y clap.'

'Uffar ots am hynny am funud. Stagia ar hwn 'nei di . . . neith y bwci ddim talu.'

'Y diawl gwirion!' medda Dai. 'Sut uffar 'nest ti hynna? Forest *King* odd o – ddim Future Forest.'

'O! Rarglwydd mowr,' me fi, '***king ceffyla! . . . ***king casino! . . . Stwffia dy gamblo Dai Shop!'

O'R POST

ANNWYL OLYGYDD,

Er hytrach yn hwyr yn y mis, llwfrdra fuase yn peri i mi beidio anfon atoch. Blin iawn gennyf ddweud y 'blas cas' adawodd y rhifyn diwethaf i mi a llawer o'm cyd-Gymry, hyn er cydnabod yr eitemau da oedd yno. Mae'n syn fel y mae naws y tudalen glawr a dyddiadur y 'Dyn Dwad' yn gallu amharu ar y cyfan rhywsut.

P'run ai a ddaw y tywysog i'r Eisteddfod neu beidio, mae'r agwedd o wawd yma yn mynd i wneud mwy o niwed lawer i'r rhai sydd yn "cloffi rhwng dau feddwl" — wedi bod o Gymru ac yn cynhesu o'r newydd at eu mamwlad drwy'r Ysgolion Meithrin a'r ysgolion nos.

Roedd ishe mwy o bwyslais siwr o fod — pam na chaiff y Steddfod le yng "nghalon" y ddinas yn lle Pentwyn, fel bod pobol y strydoedd yn cael eu denu i fewn a gweld am y tro cyntaf fod yna'r fath beth a Chymru Gymraeg? Dyna golli cyfle!

Ac am dudalen y Dyn Dwad — Gwarthus! Hoffwn fod wedi danfon hanes "Cyhoeddi'r Wyl" i'r bechgyn yn Lloegr ond sut — a'r dudalen gefn a'r fath gynnwys? Yr ateb y gallwn ei ddisgwyl yn syth fyddai — "popeth yn dderbyniol nawr te, ond iddo fe fod yn 'Welsh, chware teg'!" (gan ymddiheuro i Dafydd Iwan).

Pam tybed na fuase'r rhai sydd yn cefnogi'r bachgen yma yn ei wahodd i'w cartrefi a rhoi gwir groeso Cymraeg iddo, yn hytrach na dibynnu ar rhes o dafarndai'r ddinas a'r clybiau nos?

Gyda llaw — efelychu'r Saeson ry ni yn y pethau hyn hefyd — a dull y cyfandir — yn hytrach na phwysleisio'r dull Cymraeg naturiol — a chadw'r Sul!

Ychydig sylwadau sydd yn blino nyrs fach 'hen ffasiwn' — o'r 'Heath' hefyd!

[illegible] (SRN),
[illegible] Caerdydd.

Penbleth

ANNWYL OLYGYDD,

Mae'n dda gweld y serial "Dyddiadur Dyn Dwad" yn cael ei argraffu pob mis yn eich cylchgrawn ac mae'n ddiddorol darllen rhai o'r beirniadaeth a ddaeth o'i herwydd. Tybed pa faint o erthyglau sy'n achosi cymaint o gwrthwynebiad?

Imi, fel dysgwr, mae'r erthyglau yn ddiddorol ac yn bwysig gan fod:-

1) Y stori'n cael ei sgrifennu mewn tafodiaith — o rhywle yn y Gogledd, rwy'n disgwyl.

2) Mae'n cael ei sillafu fel y siaredir a gallaf gweld sut mae'r geiriau yn cael eu ynganu yn arferol.

3) Mae yna lawer o eiriau newydd nad ydyn mewn geiriaduron safonol, a mae'n anodd dod o hyd i siaradwyr sy'n gwybod ystyron yr holl eiriau.

4) Mae'r chwedl yn symud yn gyflym a chyda hiwmor.

Gobeithio y byddwch yn para gyda'r Dyddiadur ond ga i awgrymu rhai pethau er mwyn cynorthwyo y dysgwyr a'r bobl o ardaloedd arall y wlad i'w deall fe yn llwyr:

a) Dylech rhoi esboniad o eiriau tafodieithol

b) Dylech rhoi disgrifiad bychan o'r ardalau lle mae'r tafodiaith yn cael ei siarad.

Amgaeaf rhestr bach o eiriau sy'n rhoi trafferth imi (Dinesydd *Ebrill/Mai — rhif 39). Ydy'n posib rhoi tipyn o gymorth neu cynghor ble alla'i cael yr hysbysrwydd?*

Yn ffyddlon,

HUGH [illegible],
G[illegible] L[illegible], Caerdydd.

Ar y Clwt

Dwi ar y clwt. Wedi ca'l 'yn hel allan o'n fflat os na dyna fysach chi'n 'i alw fo. Y math o le lle ma'r blydi lot ond y bog 'di ca'l 'u stwffio i mewn i un rŵm. Fuo raid i fi smalio 'mod i'n stiwdant i ga'l fan'no pan stopiodd hogia dôl dalu am hotel i fi yn Richmond Road. Mi ddeudodd Frogit, y stiwdant clên, wrtha fi am fynd at ryw fodan yn y coleg, rhoid 'i enw fo a gofyn am fflat go rad yn Roath. Ma' saith sgrîn am un rŵm yn dipyn o dolc ond rodd y lle'n handi ar gyfar yr *Ely*, y *George*, y *Claude* a'r *Crwys*, felly dodd alci fatha fi ddim yn cwyno, nag oedd?

Deud gwir, dwi'n falch o fod o 'na 'efyd. Pobol wirion ar y diawl yn byw yno. Y Paki drws nesa odd isio menthyg petha o hyd, a'r peth 'gosa welsoch chi rioed i fwnci yn byw uwch 'y mhen i ac yn deud dim ond 'Cool it man' bob tro byddwn i'n gwylltio bod 'i record-player o'n rhy uchal.

'Blydi 'el. Some of us got to work in the morning mate,' medda fi. 'Not go to *Joe Corals* like some.'

Ond rodd o'n iawn yn yr atic 'na 'chos bod yr hen ast bia'r tŷ yn byw ar y gwaelod a ddim yn 'i glywad o. Tasa hi'n gwbod mi fysa hi fyny 'no fel siot. Dim genod ar ôl deg. Un bàth yr wsnos ar ôl gofyn iddi hi roid yr imyrsion on awr o flaen llaw. Dim straenio cabij yn y sinc yn y bathrwm. Dodd 'na ddim sinc yn 'ych rŵm chi, felly os oeddach chi mor wirion â berwi cabij dwn i'm lle ddiawl oeddach chi fod i straenio fo.

Ro'n i 'di ca'l uffar o sesh dda nos Sadwrn, ar crawl efo'r hogia, o'r *Claude* i'r *Crwys* a landio fyny yn yr *Ely* i ganu a dodd hi 'mond naturiol bo ni'n mynd lawr i'r *Casa Martinez* yn St Mary Street i gario 'mlaen. Wa'th i fi gyfadda ddìm na dydw i ddim wedi ca'l llawar o lwc efo fodins ers pan dwi'n Gaerdydd 'ma. Dipyn bach gormod o sgryff dwi'n meddwl i'r fodins bach sidêt Cymraeg 'ma. Ond ddoth y fodan 'ma fyny ata' fi tra o'n i'n yfad gwin efo Stan Crossroads yn y *Casa*.

'You want dancing?' medda hi wrtha fi.

Ffordd ryfadd uffernol o ddeud y peth o'n i'n meddwl, ond fyswn i'n nyts i wrthod. Cân ara deg odd hi ac odd y fodan yn closio ata' fi'n uffernol wrth ddownsio, a dyma hi'n dawnio arna fi – Iesu ti'n O.K. yn fan hyn Gron bach! Odd hi'n llyfu'n locsyn coch i a deud bod hi'n licio'r *kiss-curls* tu 'nôl i 'nghlustia fi. O'n i ddim yn gwbod bod gin i rei. Ar ôl rhyw lasiad ne' ddau arall o win a mwy o swsio a gwasgu, mi ddeudish i wrth Stan bo ni'n mynd.

'Bob lwc,' medda Stan. 'Ond smo ti angen llawer o' fe.'

Nyrs odd y fodan 'ma. Gwallt coch fatha finna. Adar o'r unlliw ia? Ond odd hi'n deud na fysa hi byth yn medru mynd yn ôl i'r hostel yn yr Heath 'radag yno o'r nos. Mi fysan nhw'n deud y drefn yn uffernol. Ro'n i'n gwbod bysa'r hen sguthan yn y tŷ 'cw'n siŵr Dduw o'n dal ni, ond lle arall aethan ni 'de?

Bora wedyn tua saith o'r gloch, mi sleifion ni allan o'r tŷ ac o'n i'n teimlo rêl boi wrth nôl y *News of the World* ar ôl rhoid y fodan – Freeda odd 'i henw hi – ar y bỳs. Wedi llwyddo mynd heibio i gard Fort Knox ia? Nesh i ddim meddwl mwy am y peth, ond pan ddesh i adra o'r gwaith nos Lun, dyna lle'r odd hi – Mrs Wilcox – yn sbio'n ddu arna fi wrth waelod y grisia. Heb yngan gair o'i phen, dyma hi'n rhoi darn o bapur i fi.

'Notice to quit.'

Os o'n i'n meddwl 'mod i 'di'i thwyllo *hi*, ro'n i'n gneud coblyn o fistêc. Dydi Mrs Wilcox ddim wedi cysgu noson gyfa o gwsg ers pan gollodd hi 'i gŵr bedair blynadd yn ôl. O'n i dipyn o biti drosti hi, deud gwir, ac mi fyddwn i'n dwad â darna sbâr o garpad iddi o'r gwaith. Darna fysa'n gneud yn iawn iddi o flaen yr aelwyd ia. Ond fysa holl Axminsters y byd ddim yn achub y sefyllfa bellach.

Odd hi'n gwbod bod Freeda wedi bod acw drw'r nos, ond yn waeth byth mi fydd Mrs Wilcox yn mynd drw' rŵms y pedwar hogyn yn 'i thŷ hi bob dydd, yn llnau a gwagio'r bins a symud 'ych petha chi o gwmpas. Esgus da i fysnesu o'n i'n meddwl. A rodd y llythyr o Ffrainc ar y *chest-of-drawers* 'di gneud iddi wylltio go iawn.

'I don't 'ave a son. But if I 'ad, I 'ope to God 'e wouldn't behave the way you does,' gesh i.

A fan'na gollish i'n limpin. 'Dach chi'n gorod gwenu a ffalsio a llyfu tina ryw grachod yn *Howells* drw'r dydd, a deud 'Syr' wrth fosus ma'n gas gynnoch chi nhw, ond does 'na ddim uffar o berig bod neb yn mynd i ddeud wrtha i sut i fyw yn 'yn amsar 'yn hun, heb sôn am fynd drw' 'mhetha fi a bysnesu.

'Stuff your notice!' medda fi. 'I'm going now.'

A fyny â fi i bacio 'nghesus a chyn ichi ddeud Jac Robinson, ro'n i'n cerddad dros y rhiniog efo cês ym mhob llaw.

'Merry Xmas to you too,' medda fi wrth ada'l y ddynas yn sbio fatha tasa rhywun wedi dwyn 'i chaws hi. A dyma fi'n bangio'r drws gymaint â fedrwn i.

Dim ond ar ôl i fi gerddad ryw ganllath lawr lôn yn dal i regi a rhwygo dan 'y ngwynt nesh i sylweddoli be o'n i 'di neud. Lle'r awn i? Dwi wastad 'di deud bod cwrw'n atab bob problam felly lawr â fi i'r *New Ely* erbyn amsar agor. Drwy lwc, pwy odd yna yn ffyddlon fel y dur uwch 'i *Guinness* ond Jero Jones y Dysgwr.

'Shwmai, Gron bach. Rwyt ti'n moyn peint? Yr wyf fi yn siarad yn ardderchog nawr. Cas Cymro a sy'n meddwl yn iaith Saesneg.'

Mae o'n licio ca'l hynna drosodd cyn i ni ga'l sgwrs go iawn yn Saesneg. Ddeudish i'n stori wrtho fo a fynta'n cytuno bob hyn-a-hyn efo'i 'Hope so' a 'Can't do it'. Twll dy din di Mrs Wilcox odd hi erbyn naw a phowb yn yr *Ely* yn gwbod am 'y mhroblam i.

'Gobeithio dagith hi ar 'i *Horlicks* heno 'ma!' me fi.

'Hope so anyway. Hope so!' medda Jero.

'Cheith hen sguthan fel'a mo 'nwrdio fi.'

'Can't do it,' medda Jero. 'Can't do it today.'

'Ty'd i lle ni heno,' medda Frogit. 'Mi fydd un o'r hogia yn siŵr Dduw o fod yn aros efo'i fodan.'

Ma'r hogia'n byw yn Albany Road a byth a hefyd yn hel plant amddifad fatha fi. Rodd 'na foi o Lydaw yno efo Connolly ers mis, wedi dwad i Gymru er mwyn dojo mynd i'r armi yn Ffrainc. Ma'i locsun o at 'i fol o rŵan, a dwn i'm pa mor hir fydd o erbyn bydd hi'n saff iddo fo fynd yn dôl adra.

Ma' Dai Shop, sy' newydd ga'l 'i leishans yn dôl ar ôl ca'l 'i ddal efo'r *breathalyser* yn Steddfod Criciath, yn byw yno 'efyd a gafon ni i gyd lifft yn ôl efo fo yn 'i gar. Pawb ond Frogit sy'n dipyn o *ladies man* ac yn canlyn ryw fodan newydd bob lleuad.

'Stiwdant w't ti?' medda fi wrth y pumad boi odd yn y car.

'Arglwydd, naci. Gweithio'n Sant Ffagans dwi,' medda'r boi.

'Yn lle?' medda fi.

'Amgueddfa Werin Cymru 'de,' medda'r boi.

'W'sti Gron, lle ma'n nhw'n ail-godi hen dai o'r oesoedd o'r blaen,' medda Dai Shop, sy'n dichyr. Ddim llawar callach wedyn chwaith.

Roeddan ni'n digwydd pasio stryd Mrs Wilcox ar y ffor' adra a dyma fi'n rowlio ffenast i lawr, hongian allan o'r car, codi dau fys a gweiddi fatha dyn gwirion:

'Stwffia dy blydi tŷ, y bitch uffar!' fel tasa hi'n 'y nghlywad i.

Rodd yr hogia i gyd yn piso chwerthin, ac mi chwerthon nhw'n fwy byth pan nesh i ddechra mynd yn sentimental nes 'mlaen a deud os odd 'na Samaritan Trugarog heddiw, na nhw oeddan nhw, yn rhoid hand i hogia fatha fi pan ma'n nhw mewn trwbwl yn Gaerdydd.

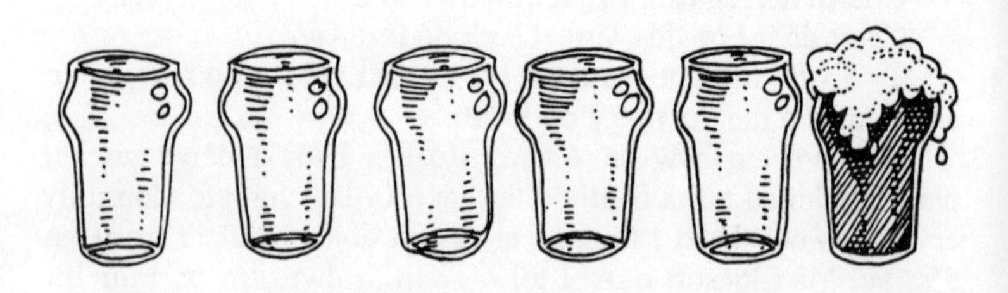

MAK 150

O'R POST

Y DYN 'NA 'TO!

AT OLYGYDD
Y DINESYDD,

"Rhydd i bob dyn ei farn, ac i bob barn ei llafar." Dyna arwyddair y papur wythnosol fyddai'n ymddangos yn fy hen ardal (ac sydd yno o hyd gyda llaw). Ond gobeithio'n wir mai nid o fy hen ardal i yn y gogledd y daw'r "dyn dwad" yna sy'n ysgrifennu i'r Dinesydd. Mae cywilydd gen i feddwl ei fod yn dod o unman yn y Gogledd. Diolch fod gan un gweinidog yng Nghaerdydd ddigon o wrhydri i sefyll i fyny'n gyhoeddus i wrthwynebu'r fath sothach — a'r canlyniad — cael ei ddifrio ymhob rhifyn sydd wedi ymddangos er hynny. A diolch hefyd i fachgen ieuanc o Ysgol Rhydfelen ddatgan ei farn yntau'n glir — a'r un canlyniad — rhywun yn ei ddifrio yntau hefyd.

Roedd y syniad o gael papur fel Y Dinesydd *yng Nghaerdydd yn un gwych, ac am dro byd yr oedd yn werth ei ddarllen o glawr i glawr. Mae llawer iawn o bethau da ynddo o hyd, a byddai'n drueni o'r mwyaf i chi golli cefnogaeth i'r papur gan fwyafrif o bobl y ddinas am eich bod yn gostwng eich safonau ac yn derbyn erthyglau fel rhai'r dyn yna sydd â chlobyn o sglodyn ar ei ysgwydd am ryw reswm neu'i gilydd. Oes ganddo swydd tybed? Beth pe bai o'n sgrifennu dipyn am ei waith i ni gael gweld ydio'n meddwl am rywun arall heblaw ef ei hun weithiau! Mae rhyw ddaioni ymhob dyn — tybed beth yw ei ragoriaethau o?*

★★★★★★★★★★★★★★★★

Pryn bynnag, roedd y lanledi yna'n eitha reit yn dangos y drws iddo, a gobeithio nad oes yr un lanledi arall wedi agor hyd yn oed gil ei drws iddo chwaith.

★★★★★★★★★★★★★★★★

Rwyn mawr hyderu fod cannoedd wedi sgrifennu atoch y tro hwn, ac y gwnewch gyhoeddi pob un llythyr sydd yn datgan barn am erthyglau'r dyn dwad.

Mi hoffwn pe bai gennyf y ddawn i sgrifennu, ond rhaid bodloni ar hyn.

[illegible], Caerdydd.

Fe Godwn Ni Eto

Pan gerddodd Jero Jones y Dysgwr a finna i mewn i'r *Prince Llywelyn* mi roth y criw o hogia odd mewn dillad *Army and Navy Stores* y gora i siarad a sbio arnon ni fel tysa ni newydd landio o Mars.

'Two Guinness pronto!' medda Jero wrth y barman tra o'n i'n sbio'n ofnus drw' gil 'yn llygad ar y ryffians yn y bar.

'Ti'n 'napod nhw?' medda un.

'Dwi ariôd 'di gweld nhw o'r bla'n,' medda llall.

Rodd Connolly a Harvey'r Llydawr Lloerig, y ddau arall ddoth i fyny o Gaerdydd yn y car, wedi mynd i'r lle chwech. Tywydd bras-myncis, medda Connolly, yn gneud 'i fladar o'n wan. Ella bod y pedwar peint gafon ni'n Merthyr ar y ffor' i fyny'n dipyn bach o help 'efyd.

''Blaw bod Connolly efo ni dwi'n siŵr Dduw bysa rhein 'di'n colbio ni cyn bo hir. Fatha hogia Besda ia? Fiw 'chi fynd i fan'no ar ben 'ych hun chwaith.

'Gareth Connolly, you old-campaigning bastard! How's things? Haven't seen you since Senny Valley 1970.'

'Fi'n siarad Cwmrâg nowr Ben' medda Connolly. 'Ti'n gwbod ffrindie fi – Goronwy Jones a Jero Jones y Dysgwr?'

'A! 'Da ti ma'r diawled 'ma! Odd y bois yn meddwl taw cops oedden nhw. Ma' rhyw gopar yn siŵr Dduw o fod 'ma heddi. Croeso i Gilmeri bois. Fi yw Ben Ferndale. Chi wedi bod 'ma o'r bla'n?'

'Hope so anyway. Hope so!' medda Jero Jones. 'Cas Cymro a sy'n siarad iaith Saesneg a sy' dim cofio Cilmeri!'

'Pelech eman ar chouchen?' medda Harvey'r Llydawr Lloerig. 'Chi, fi, a yf chouchen, ya?'

Ryw ddiod melyn tew fatha medd ydi'r chouchen 'ma ac rodd 'i fêts o 'di dwad â galwyni ohono fo drosodd iddo fo am na fedar o fynd yn ôl i'w wlad 'i hun. Neith o ddim yfad dim arall os 'di hwn ar ga'l.

'Dewch i gwrdd â bois y Rhondda Fach Brigade,' medda Ben.

Ers pan fush i'n byw yn Albany Road efo Frogit a Connolly a

Dai Shop a'r rheina, dydi Connolly ddim wedi stopio sôn am y dwrnod grêt o lysh ma'n nhw'n ga'l bob blwyddyn yn Cilmeri ar y Sadwrn cynta yn Rhagfyr. Yno, tua'r adag yma o'r flwyddyn, gafodd Llywelyn ein Lliw Gola 'i ladd gin Saeson beth uffar o amsar yn dôl ac ma'r hogia'n mynd yno byth ers hynny i gofio amdano fo. Pan ofynnon nhw i fi fyswn i'n licio dwad 'leni o'n i wrth 'y modd. Dydw i byth yn uffernol o Welsh Nash, ond rwbath am sesh go lew ia? Ond be odd hyn am slobs? O'n i ddim yn ffansïo mynd i drwbwl efo'r rheini.

Newydd ga'l 'yn cyflwyno i'r Rhondda Fach Brigade oeddan ni pan landiodd Sam Cei'r Abar a Bob Blaid Bach o dre. O'n i 'di gyrru postcard i ddeud bod 'na sesh Welsh Nash yn Cilmeri.

'Sumai con'? Ddim 'di gweld chdi ers oes pys!' medda Sam.

'Henffych well yr hen gydymaith!' medda Bob. 'Sut ma'r awen?'

A dyma nhw'n joinio'r criw a deud 'sumai' wrth Connolly am y tro cynta ers Steddfod.

'Pa brigade y'ch chi 'te bois?' medda'r Mick Mardy 'ma wrth Bob Blaid Bach.

'Be 'di'r brigade 'ma sy' gynnoch chi rŵan gyfaill?' medda Bob, sy' wedi mynd i siarad rêl crach Cymraeg Gwynedd.

'Brigades y Fyddin ife? Hei Connolly, ti'n siŵr bod y boi bach 'ma 'da ti?'

'Gad e fod nawr,' medda Connolly. 'Ma' lot i dysgu gyda fe. O Rhondda Fach ma'r rhain Bob.'

'O? Rhondda Fach ia? Clywad bo chi reit selog efo'r Blaid lawr ffor'cw,' medda Bob. 'Pa obaith sy' gynnon ni at y lecsiwn nesa 'ma gyfaill?'

'Sa i'n gwybod a 'sdim ots 'da fi,' medda Mick Mardy.

'Duwcs, ryw genedlaetholwyr rhyfadd 'di'r rhein gin ti Gron,' medda Bob yn 'y nghlust i. 'A dim Dreigia Coch ma'n nhw'n wisgo ond ryw eryrod gwynion yn 'u capia fel'a.'

'Eryr Pengwern ia,' medda Sam. 'Ti'm 'di clywad record Tecs?'

Rodd hogia'r Sowth wrthi'n sôn am Clywedog a Thryweryn a ballu ac yn chwerthin yn uchal bob hyn a hyn . . .

'Aye, blow the bugger to kingdom come . . . ' medda un.

'He's not worth the lead, mun,' medda'r llall.

Dyma Sam Cei yn troi'i ben i weld be odd y tatŵ odd yn hannar dangos dan lawas crys un boi. Ar un fraich odd gynno fo 'I LOVE JANE' ac ar y llall 'FE GODWN NI ETO'.

'Iesu, cesus ydi'r hogia F.W.A. 'ma!' medda Sam.

Ond rodd Bob Blaid Bach wedi gwylltio braidd bod dim ots gin yr hogia yma am y Blaid Bach a dyma fo'n dechra styrio:

'Wrth gwrs,' medda fo'n uchal wrth Jero Jones wrth 'i ochor. 'Does gynnon ni yn y Blaid ddim byd i ddeud wrth y dullia trais 'ma . . . '

'You can't do it,' medda Jero. 'Can't do it today.'

'Lily-livered bloody Gog,' medda Ben Ferndale. 'Funny butties you got Connolly!'

Pan glywodd o enw'r Gogladd yn ca'l 'i iwshio'n ofar dyma Sam Cei yn codi'i glustia 'efyd:

'Dan ni hogia Adfer yn gneud rwbath am y sefyllfa yn lle ista ar 'yn tina mewn pybs yn malu cachu fatha rei!'

'Listen to his horrible Gog accent boyo. Like a bloody turkey gobblin'!'

'O leia 'dan NI'n siarad Cymraeg efo'n gilydd,' medda Sam. A dyma'r sbarcs yn dechra fflio.

'You self-righteous bloody culture-vulture bastard!' medda Mick Mardy gan dynnu'i felt styds odd' am 'i ganol yn barod am drwbwl.

'You pathetic self-seeking free-state Plaid Cymru craphouse!' medda Ben a gafal yn nhei Draig Goch Bob Blaid Bach nes odd o'n dechra tagu.

'Come on then you reactionary Adfer fascist bum!' medda Mick wrth Sam Cei odd yn pwyri ar 'i ddyrna'n barod am ffeit.

Ro'n i'n ista'n fan'na'n crynu'n 'yn sgidia ac yn cachu brics pan waeddodd Connolly:

'Reit bois! Stop it! Gwrandewch! Smo fi'n ochri 'da neb ond cofiwch chi bois y Gogs ma'r bois hyn yn rhaid dysgu Cymraeg. Chi wedi ca'l e ar blât. Whare teg nawr, ie? And don't you Rhondda boys forget this is a Solidarity Rally. Ma' Saeson wrth fy modd yn clywed ni'n ymladd 'da'n gilydd fel ni wedi bod ar hyd yr oesoedd!'

'Iesu. 'Nest ti'n dda rŵan Connolly,' me fi wrth nôl peint. 'Fyddi di'n shop-steward yn East Moors 'na ryw ddwrnod!'

'Ie. A ti'n Maer Caernarfon!' medda Connolly.

'A! Dyma Wil Carnabwth a Lewis yr Heliwr o Dowlas newydd wedi bod yn dodi torch yn Abaty Cwm Hir t'weld.'

'Be 'di torch?' me fi.

'Mae e'n *reith*,' medda Connolly. 'Roedd Llywelyn yn ca'l ei ladd yma, wyt ti'n gweld, ond yn yr Abaty tua pymtheg milltir i ffwrdd mae e'n gorwedd.'

Ddoth Lewis yr Heliwr o gwmpas efo dail eiddew i'r hogia wisgo ar 'u cotia cyn mynd allan i'r seremoni, achos na dyna rothon nhw ar ben Llywelyn ar ôl 'i dorri fo a mynd â fo ar bicall i ddangos i'r basdads yn Llundan bo nhw 'di leinio'r hogia. Dyma fi'n sbio ym myw llgada'r boi. Ella na hwn odd y cop?

'Dowch 'laen y diawlad, brysiwch! Pawb at y gofgolofn. Ma' hi'n bedwar o'r gloch ac yn dechra twllu. Gewch chi ddigon o lysh wedyn,' medda Pedrog Pwllheli odd yn edrach yn ddigon hen i fod wedi cwffio efo Llywelyn. Ella na hwn odd o?

Ddeudish i wrth Sam.

'Iesu cau dy geg Gron bach wir Dduw. Ti'm yn gall. Ti'n meddwl bod powb yn blydi copar con'.'

'Carlo Windsor shall not pass!' medda un meddwyn o Rhondda Fach.

'Ma' fo *wedi* gneud ers blynyddoedd yndi!' medda Sam Cei.

'Wnaiff e ddim 'to!' medda Ben Ferndale. 'A chi cachwrs Caernarfon dododd shwd groeso 'ddo fe bryd 'ny cofia di!'

Dim ond yn 'rysgol fach o'n i pan ddoth Prins Charles i ga'l 'i neud yn dre. Dwi'n cofio Maes yn llawnach na welish i rioed o'r blaen a'r hen fod yn prynu Iwnion Jac i fi fynd i chwifio arno fo. Lechiodd 'na rwbath groen bynana dan draed ceffyla'r Cwîn ond gafodd o 'i ddragio i ffwr' gin ddau foi mewn macintosh mewn cachiad. Glywson ni gythral o glec yn ystod y pnawn.

'Blydi ecstrîmists ia, Gwen, yn gillwng boms,' medda Anti

Mair Sir Fôn wrth yr hen fod. Be fysan nhw'n ddeud tasa nhw'n 'y ngweld i rŵan yn martshio efo'r hogia at y gofgolofn?

Odd yr haul yn machlud y tu ôl i'r gofgolofn a'r eira'n goch ar fynydd Epynt. Rodd yr hogia wedi cynna ffagla i roi chydig o ola ar y matar, ond er bod gin i ddwy jympyr a dwy gôt amdana ro'n i jest â fferru ac yn crynu fatha deilan.

'Fyswn i ddim yn deud bo fi'n oer ia,' medda Sam Cei, 'ond ma'n chwys i'n troi'n eisicls dan 'y nghesal i.'

Glywson ni hannar dwsin o hogia'n siarad ond disgwl i glywad Twm Tir Iarll yr odd pawb. Twm ydi'r mwya eithafol o'r eithafwyr i gyd medda Connolly ac wedi bod yn jêl am flynyddoedd:

'I'm not a politician,' medda fo o'r diwadd. 'I'm a soldier. I'm not a speech-maker. I'm a man of the gun . . . '

Wrth iddo fo siarad ddoth Connolly draw a phwyntio at ryw foi diniwad yr olwg:

'Heddlu cudd yw hwn bois!' medda fo a thynnu'i het Robin Hood o dros 'i llgada fo. 'Shwd wyt ti Ronnie, yr hen fradwr diawl?'

Whiw! Diolch i Dduw bo nhw 'di ffeindio fo. Fysa ddim rhaid i fi ama powb o hyn 'mlaen.

Er bod o'n gaib dwll rothon nhw Harvey'r Llydawr Lloerig ar ben y bocs sebon i ddeud gair am Lydaw, a thra odd o wrthi dyma Connolly'n dwyn y camera odd gin Ronnie'r cop dan 'i gôt a'i lechio fo o'r naill i'r llall a fynta'n rhedag o gwmpas fatha dyn gwirion yn trio'i ga'l o'n ôl.

'Dwyt ti ddim yn ca'l un blydi llun y tro hyn y diawl bech!' medda Ben Ferndale a malu'r camera'n racs jibidêrs ar gofgolofn Llywelyn. Ac wedyn dyma powb yn dechra pledu'r cachwr efo peli eira nes odd o'n bowndian.

Oeddan ni'n piso chwerthin am 'i ben o nes ddoth hi'n amsar sefyll yn stond i ganu 'Hen Wlad Fy Nhada' '. Er bo fi ddim yn uffernol o Welsh Nash o'n i'n meddwl bod hwn yn haeddu cwbwl gath o am drio spragio ar yr hogia a sboilio'i dwrnod nhw.

Wrth fynd yn dôl i'r *Prince Llywelyn* am sesh, dyma fi'n

deud wrth Sam:

'Iesu does 'na ddim byd gwaeth na jibar nag oes? Os fysa Llywelyn ein Lliw Gola yma heno mi fysa wedi ca'l uffar o laff iawn fysa Sam?'

'Bysa Duw,' medda Sam. 'Ond *ma'* fo yma heno 'sti, mewn ffor'. Dydi hi ddim wedi canu arnon ni eto o bell ffor' 'sti.'

'FE GODWN NI ETO!' medda Bob Blaid Bach a Ben F.W.A. efo'i gilydd – y ddau bellach yn fêts penna wedi bod yn peltio'r hen gŵd dŵr 'na efo'i gilydd.

'Hope so bachan!' medda Jero Jones y Dysgwr wrth sbio ar y sêr yn perlio yn yr awyr glir. 'Hope so anyway!'

Cariad Pur

Ro'n i mor ecseited odd rhaid i fi ga'l deud wrth yr hogia yn yr *Ely*.

'Hogia,' me fi un nos Lun pan odd y pyb mor ddistaw â mynwant Nant Gwrtheyrn. 'Dwi 'di bod efo chi rŵan am dros flwyddyn a dach chi 'di bod yn uffernol o dda wrtha fi. Dwi isio i chi fod y cynta i wbod rhwbath pwysig iawn.'

'Gwbod be?' medda Dai Shop. 'Bo chdi 'di landio aciwmilator ar y nags?' Ma' betio'n waed Dai Shop.

'Naci, bod o'n mynd o'ma i uffar a'n gadel ni mewn heddwch,' medda Frogit sy'n poeni'i enaid y bydd rhaid iddo fo roid gora i fod yn stiwdant flwyddyn nesa a dechra gweithio fatha pawb arall, ac sy' wedi chwerwi'n ofnadwy ers pan nath 'i fêts, y stiwdants hen, 'i ddisyrtio fo a mynd i yfad *Brains* i'r *Crwys* bob gafal.

'Os 'dach chi ddim isio clywad hogia, bygro chi!' me fi a dechra sori'n bwt.

'Stopiwch bigitan bois,' medda Stan Crossroads. ('Cega' odd o'n feddwl.) 'Dere'r mwlsyn diawl. Gwêd be s'da ti.'

'Y gwir ydi, hogia, na fydda i ddim yn yfad efo chi bob nos o hyn ymlaen.'

'Iesu Gwyn!' medda Dai Shop. 'Ma' Ebeneser 'di ca'l 'u dwylo arno fo!'

Mi stopiodd Connolly yfad 'i *Strongbow* am eiliad a sbio arna fi o'r 'Foggy Dew' fatha tyswn i'n myll.

'Dim rhagor chwara brag?' medda Marx Merthyr.

'Dim *Papajios*?' medda Stan.

'Dim mwy cwrw?' medda Harvey'r Llydawr Lloerig ddim yn gwbod yn iawn be odd yn digwydd.

'Dim ots gin i be ddeudwch chi,' me fi, 'ma' 'na rwbath 'di digwydd i fi sy'n mynd i newid 'yn holl fywyd i. Dwi 'di syrthio mewn cariad efo'r fodan 'ma, so ddêr.'

Ddechreuodd y Frogit 'na biffian chwerthin; dagodd Dai Shop ar y cwrw *Amber* rhad 'na ma' fo'n yfad ac odd chwerthin

Connolly'n diasbydian drw'r *Ely* wrth fownsio o wal i wal. Ond dodd ddiawl o ots gin i amdanyn nhw. Ro'n i'n teimlo'n ddyn beionic ers i fi gwarfod Belinda. Ro'n i'n llusgo'r Axminsters trwm 'na o gwmpas *Howells* fel tysa nhw'n fagia o blu.

'Ddim Freeda Hwran, y nyrs?'

'Naci. Thwtish i mo honno wedyn.'

'Dere 'mlân 'te,' medda Stan yn bowndian ar flaen 'i sêt fatha tysa 'na bry llyngyr yn 'i din o, 'pwy yw hi?'

A dyma fi'n dechra ar 'yn stori.

'Dydd Gŵyl Dewi o'n i'n brysio 'nôl o'r *Albert* amsar cinio at y blydi carpedi 'na pan welish i Penniman a Dai Corduroy ar stryd.

'Day-off hogia?' me fi.

'Hanner diwrnod,' medda Dai sy' 'di dysgu Cymraeg yn well na lot o Gofis ia.

'Mynd i'r Clwb i ddathlu,' medda Man Mownten Penniman. 'Moyn dod?'

'Fiw 'mi,' me fi. 'Laddith y bos fi. Dwi ffwr' rhy amal o beth cythral fel ma' hi.' Ond yn sydyn dyma ryw ddiawl bach tu mewn i fi'n rhwla'n 'y nhemtio fi. Os odd rhein yn ca'l day-off i ddathlu Dewi Sant, pam na cheuthwn i?

''Di o'n lle da, hogia?' medda fi.

'*Le Mans* – garantî am bnawn diddorol,' medda Dai Corduroy.

'Reit! Ffônia i'r gwaith i ddeud bod yr hen bwl 'di dod drosta i . . . '

Yn gwaelod City Road ma'r *Le Mans*. O'n i rioed 'di sylwi arno fo o'r blaen wrth fynd yn y bŷs i'r dre. Talu hannar sgrîn wrth drws ochor ia, a 'dach chi mewn. Odd hi'n hannar tywyll yno efo goleuada *flouride* fatha sy'n y *Casinos* lond lle. Blydi niwsans ydyn nhw 'efyd – yn gneud i'r ddau ddaint gosod sy' gin i ar flaen 'y ngheg edrach fatha tasa nhw ddim yna o gwbwl. Difetha'ch chansus chi braidd pan 'dach chi'n trio pigo fodins.

'Neith hi sesh go iawn pnawn 'ma, hogia!' medda fi a swigio 'mheint o Meild lawr at 'i hannar mewn un gegiad. Ond chesh i ddim deud mwy nad odd 'na fiwsig fatha miwsig Arabs yn llenwi'r lle ac yn boddi siarad pawb. Ath y gola i lawr a ddoth y sbotleit ar ryw fodan ddu ym mhen draw'r stafall wedi'i gwisgo fatha rwbath yn strêt o'r harîm.

'Arglwydd, Penniman!' me fi. 'O'n i ddim yn gwbod na lle fel'ma odd o!'

Mi wenodd Penniman wên anfarth a rhoi pwniad i Dai Corduroy a winc arna fi. O'n i'n wastad 'di bwriadu mynd i weld un o'r rhein i'r dent yn Ffair Borth ond o'n i 'di ca'l gormod o lond bol i symud o'r pyb bob tro esh i.

Mi chwifiodd y fodan 'ma ddwy bluan ostrij fawr drw'r awyr o'i blaen wrth symud i fyny ac i lawr y clwb. O dipyn i beth mi dynnodd bob cerpyn odd' amdani a finna fan'no'n llyncu 'mhwyri a glafoerio bob yn ail. Fuo jest imi ffeintio pan symudodd hi o fewn modfeddi imi yn gwingo'n y modd mwya i'r miwsig. Mi steddodd hi ar lin Dai Corduroy, chwara efo'i fwstásh Pancho fo a rhoid 'i genhinen Pedr o yn . . . 'na i ddim deud lle. Ddiflannodd hi i'r twllwch yng nghongol y clwb ar ôl ryw bum munud o giamocs fel hyn.

'Ffiw hogia!' me fi pan ddoth y gola'n dôl. 'Pam na fysa chi'n warnio fi? O'n i ddim yn barod i weld fodan handi fel'a yn dangos 'i chamagara i gyd.'

'Duw,' medda Penniman, 'ma' Dai a fi wedi gweld Naughty Nora dwsine o weithie, on'd do fe, Dai?'

'Hogan ifanc fyswn i'n ddeud 'efyd. Fawr hŷn na fi dwi'n siŵr.'

Tra odd yr hogia'n slochian yfad drw'r pnawn yn aros am yr ail sioe, o'n i'n sylwi ar y fodan fach ddel 'ma'n ista'n ddistaw fatha llgodan ar draws ffor' inni – neb efo hi a neb yn deud gair wrthi. 'Mhen hir a hwyr gesh i ddigon o blwc cwrw i fynd draw ati i ddeud 'sumai'. Dodd gino hi ddim llawar o fynadd siarad i ddechra ond pan ddechreuish i ar 'yn jôcs a'n fflyrtio, mi gnesodd drwyddi a buan roeddan ni'n fêts mowr. Belinda odd 'i henw hi a fuo jest imi ga'l sioc ar 'y nhin pan ddeudodd hi na hi odd mêt gora Naughty Nora – yn byw efo hi yn Grangetown ac yn mynd efo hi i bob clwb i neud yn siŵr 'i bod hi'n O.K.

'Ma' Nora'n hen hogan grêt,' medda hi, 'a dwi isio gneud yn

siŵr nad ydi hen ddynion bach budur a hen sglyfaethod mawr bachog yn mynd i'r afa'l â hi. Dydan ni ddim yn genod fel'a.'

'Nag 'dach siŵr,' me fi, 'ond ym . . . w't titha'n gneud y job 'ma 'efyd del – tynnu dy ddillad a ballu?'

'Gwaetha'r modd,' medda Belinda, 'does gin i ddim ffigyr digon da a dim chans ca'l job. Felly dwi'n 'i helpu hi, dydw.'

'Hei, fyswn i'n deud bod gin ti ffigyr neis iawn,' medda finna'n ffresh i gyd yn 'y nghwrw.

'O! Gronwy, ti'n deud petha neis,' medda hitha a 'mhwnio fi efo'i phenelin yn 'yn ochor.

Ddoth diwadd y pnawn ac rodd hi'n piso bwrw tu allan. Mi sefodd y tri hog yn nrws y clwb yn disgwl iddi 'rafu. Pwy ddoth allan ar 'yn hola ni ond Nora a Belinda yn 'u cotia P.V.C.

'Ble chi'n mynd nawr 'te?' medda Penniman.

'Adra,' medda Nora, 'Lle ti'n feddwl?'

'Ma' hi'n stido bwrw,' medda fi wedyn. 'Ma' fflat Penniman rownd y gongol.'

Edrychodd y ddwy ar 'i gilydd, giglo a deud 'Iawn'. Gafaelodd Belinda yn 'y mraich i ac ath Nora rhwng Dai a Penniman. Mi gerddodd y pump ohonan ni i fyny'r City Road socian tuag adra . . .

Ar y gair, pwy grashiodd drw' ddrws yr *Ely* ar draws y stori ond Dai a Penniman 'u hunan.

'Gron bach! Smo ni wedi gweld ti 'ddi ar Dydd Gŵyl Dewi w. Bois bach, odd e'n smwtsio 'da'r striper hyn lan City Road. O'n nhw'n graplo erbyn inni gyrraedd lolfa tŷ ni a Duw a ŵyr beth o'n nhw'n neud nes 'mlân pan ddisapiron nhw i rŵm Al!'

'Taw, y cedor gwirion,' me fi. 'Ma'r hogia 'di clywad y cwbwl. Does gin i 'mond diolch yn fawr i chdi am 'y nenu fi o *Howells* i ddathlu. A Frogit, 'sgin i 'mond diolch yn fowr i chditha am ada'l i fi aros efo chdi ers pan gesh i'r bŵt gin Mrs Wilcox. Nesh i rioed feddwl fyswn i'n medru deud hyn ond 'dach chi'n fêts cystal i fi rŵan â hogia dre 'cw. Fydda i'n dal i ddwad i'ch gweld chi bob hyn-a-hyn siŵr Dduw, ond ma'r amsar 'di dwad imi roi gora i'r bywyd gwyllt 'ma. Ma' hi'n amsar i fi setlo lawr, gneud 'yn nyth a thyfu'n ddyn. Wsnos nesa, dwi'n mynd i fyw efo Belinda i Grangetown.'

BUOCH YN DARLLEN . . .

GOLYGYDD 'Y DINESYDD' YN YMDDISWYDDO

Mae Miss Siân Edwards, golygydd 'Y Dinesydd' wedi ymddiswyddo ar ôl dwy flynedd yn y swydd — yn rhannol oherwydd bod capel lleol wedi ceisio gosod rhyw fath o sensoriaeth ar gynnwys y papur.

'Roedd ambell rifyn yn cynnwys cyfres o dan y teitl Dyddiadur y Dyn Dwad — sef cyfres yn delio â bywyd mewn tafarnau a chlybiau, a'r gyfres hon oedd y rheswm dros y cynnwrf.

Fe olynir Siân Edwards gan Miss Medwen Roberts, athrawes o Gaerffili. Yn y cyfamser, y mae rhifyn arall o'r Dinesydd dan olygyddiaeth Siân Edwards yn cael ei baratoi ar gyfer y Wasg. Dywedodd ei bod wedi derbyn pennod arall o'r Dyddiadur ond nad oedd hi'n sier a fyddai'n bosibl ei gynnwys gan nad oedd wedi ei dderbyn mewn pryd.

Dechreuwyd y papur [illegible]

yn y byd, ond yn cael hanner ei incwm drwy hysbysebu, rhyw chwarter gan Gymdeithas Gelfyddydau de-ddwyrain Cymru, a'r gweddill drwy ddulliau gwirfoddol.

Dywedodd Miss Edwards fod tair mil o gopïau yn cael eu hargraffu a bod ymyrraeth y capel yn golygu nad oedd rhyw 500 ohonynt yn cael eu dosbarthu.

Dywedodd Mr Donald White, trysorydd Capel Ebeneser, nad oedd y capel yn gyfrifol yn uniongyrchol am wahardd rhannu'r papur, ond bod yr aelod a oedd yn gyfrifol am wasgaru'r papur wedi penderfynu gwneud hynny.

'Roedd y capel, ar y llaw arall, wedi anfon cwyn i Miss Edwards. Nid oedd y gyfres y fath o beth a ddisgwylid ei weld mewn papur Cymraeg. 'Roedd darnau ohoni'n gableddus ac 'roeddynt yn gwrthwynebu'r iaith a ddefnyddiwyd. Pwysleisiodd Mr White, serch hynny, nad oedd neb yn [illegible] yn gwadu [illegible] Y Dinesydd.

Y CYMRO [illegible]

WESTERN MAIL

Editor quits after 'censorship bid'

CHAPEL OBJECTS TO SERIES ON PUB AND CLUB LIFE

The series was entitled *Dyddiadur y Dyn Dwad* (Diary of an Immigrant) and written under the...

"There were excerpts in these letters which were profane. The articles as a whole were considered not in good taste, not what one would expect to see in a Welsh-language paper of local interest.

"I cannot imagine...

"The opposition allege that the diary does not reflect Welsh life, but it does. It seems the only way many people can define their Welshness is in terms of chapel and recent religious tradition.

case. Why should Christians ... the pubs be considered by some exclusive?"

Y CASTWYR

efo

STAN 'CROSSROADS'

DENZIL PENNIMAN

DAI SHOP

GARETH CONNOLLY

MARX MERTHYR

FROGIT

a

HARVEY'R LLYDAWR LLOERIG

DAI CORDUROY

NOWI BALA

JERO JONES Y DYSGWR

HUXLEY

Y DINESYDD

CO~stario

GEORGE COOKS

SAM CEI'R ABAR

BOB BLAID BACH

FFERAT BACH

AC YN CYFLWYNO

GRESILDA